目次

風の精霊王
エリアスの眷属
精霊のいとし子
ミリエラ・グローヴァー
（愛称：ミリィ）
前世日本人の記憶がある5歳の侯爵令嬢。生まれてすぐに別館に追いやられ、乳母のニコラとその家族と暮らす。精霊の姿を見ることができる珍しい力を持ち、錬金術師としての才能が開花して…!?
クールな侯爵家当主
ジェラルド・グローヴァー
ミリエラの父であり、26歳の優秀な錬金術師。呪われた家系といわれ世間を拒絶するようにして暮らしていた。ミリエラにも冷たい態度だったが、5年ぶりに対面したことで頑なだった心が溶かされて…？
天才幼女錬金術師に転生したら、
冷酷侯爵様が溺愛パパに
チェンジしました！

CHARACTER

風の精霊王
エリアス
真っ白でもふもふな猫の姿をした高位の精霊。ミリエラを気に入り、加護を与える。近寄りがたいほど優雅な姿だが、意外とブラッシングや撫でられるのが好き。

ミリエラの幼馴染
カーク・マウアー
ニコラとオーランドの6歳のひとり息子。年相応に元気いっぱいで、エリアスのもふもふがお気に入り。ミリエラを守ることを信条にしている。

聡明な王子殿下
ディートハルト・バウムグレン
（愛称：ディー）
厳しい王族教育を受けており、年のわりに落ちついた7歳の少年。とある事情でグローヴァー侯爵領にやってくる。勤勉で努力家。

心優しい乳母
ニコラ・マウアー
ミリエラの母と幼馴染で、ジェラルドに代わってミリエラを育ててきた。実の娘のように愛情を注いでいる。

侯爵家の護衛騎士
オーランド・マウアー
ニコラの夫。体内にマナを持たず魔法が使えないが、それを払拭するほどの身体能力を誇る、優秀な騎士。

プロローグ

グローヴァー侯爵邸《こうしゃくてい》では、薔薇《ばら》が満開の時季を迎えようとしていた。

アーチになっているピンクの薔薇の間を走り回っていたミリエラは、薔薇に囲まれた広場で足を止めた。

「……あー、もう。視界が、うるさい」

視界の隅を精霊達がちらちらとしている。どうして皆は、平気でいられるんだろう。

ミリエラは、屋敷の方を振り返った。

ここ、グローヴァー侯爵家のひとり娘であるミリエラだが、生まれてからずっと別館で暮らしていて、一度も本館に入ったことはない。

ミリエラの母は、ミリエラを産み落とした時にこの世を去った。そのため、母を愛していた父は、ミリエラを遠ざけるようになったらしい。

（ねえ、ママ。〝私〟……すごく寂しい）

両手を伸ばし、天にいる母の姿を捕まえようとしてみる。そんなことをしたって、母に手が届くはずがないということはわかっているのに。

『娘、我を呼べ』

そう耳の奥から話しかけてくる声。

声に従い、呼べば姿を見せたのは美しい白猫の姿をした風の精霊であった。

『娘、我と契約しろ』

「娘じゃないよ、ミリエラだよ……どうして契約したいの？」

『そなたの側にいたいからだ――前の生の記憶を持つ者よ』

ふわりと現れた精霊は、ミリエラにそう願う。

「あなたの名前は、エリアス。風の精霊、エリアス……素敵でしょ？」

『――契約は、成立した』

エリアスと名づけられた風の精霊が重々しくそう言った瞬間――ドーン！　と激しい爆発音がした。ミリエラの周囲で突風が荒れ狂い、髪もスカートもばさばさとはためく。

ミリエラの周囲を吹きすさぶ風は、いつまでたっても止みそうになかった。髪もスカートの裾も激しく翻《ひるがえ》り、風の強さに目を開けることもできない。

エリアスの声以外、風の音に消されてしまうそんな中。

「――ミリエラ！　ミリエラはどこだ？」

不意に耳に届く、今まで聞いたことのない男性の声。

視界が鮮明になってくると、土ぼこりの向こう側にひとりの男性が立っているのが見えた。

その瞬間――世界中の時が止まったような気がした。

「……パパ？」

ミリエラの口から茫然《ぼうぜん》とした声が漏れる。

そこに立っていたのは、生まれてから一度も会ったことのない――肖像画でしか見たことのない――父だったのだから。

「……アウレリア？」

だが、彼はミリエラの顔をまじまじと見て、アウレリア――と、母の名を呼んだ。

「パパ？」

確かめるように口にするミリエラの瞳と、父の瞳が正面からぶつかり合い――そして、父は慌てた様子で身を翻した。

「待って！　待って、パパ！」

ミリエラの呼びかけに、一度足を止めかける。だが、思い直したかのように、足を速めて再び歩き始めた。

「パパ、待ってよ！」

むなしく響くミリエラの声。

彼女の悲痛な声音とは裏腹に、空はどこまでも青かった。

第一章　呪われた娘ですが、前世の記憶に助けられています

「……ニコラ、できた！」

子供部屋に明るい声が響いた。

ミリエラ・グローヴァーは、自分の机に座り、一生懸命お手本を見ながら字の練習をしているところだった。

ミリエラが頭を動かす度に、ふたつに分けて結ったストロベリーブロンドもゆらゆらと揺れる。大きな青い瞳は、真剣な光を浮かべていた。

彼女が身に着けているのは、レースの襟《えり》がついた白いブラウスに、ピンクのスカート。可愛らしい装いである。

足をぶらぶらとさせながら書いた五歳の少女の筆跡は、あちこち曲がりくねっていてとても読みにくいが、ニコラは微笑みながらそれを受け取った。ニコラ――ニコラ・マウアー――は、生まれた時からずっとミリエラの世話をしているミリエラの乳母《うば》である。

「上手に書けていますね、ミリエラ様――では、もう一枚練習してみましょうか」

ニコラの緑色の目が柔らかく細められる。彼女の目に浮かぶのは、母の愛にも似ているミリエラを愛おしく思う気持ちだ。

「えー」

ミリエラは、ぷくっと頬を膨らませた。練習したら、もっと上手に書けるのは知っているが、お手本を写すだけでは面白くない。

「練習はつまらないよ。お手紙、書く。お手紙なら、書く」

「お手紙……ですか？」

「うん。パパに……？　お手紙なら、読んでくれるかな？」

ミリエラの言葉に、はっとした様子を見せたニコラは両腕を広げ、がばっとミリエラを抱き寄せた。

「ニコラ、苦しい。苦しいよ！」

「……申し訳ございません、ミリエラ様。でも、あまりにも不憫《ふびん》で……」

黒いワンピースの上に着けている白いエプロンのポケットから、ハンカチを取り出したニコラは、そっと目元を押さえた。

（……思いつきで言ってみただけなんだけど、困らせちゃったかな？）

うーんとミリエラは考え込んだ。

ミリエラは、生まれてから一度も父と顔を合わせたことはない。

母をこよなく愛していた父は、母の死の原因となったミリエラを見るのがつらいらしい。

生まれてすぐ、母の侍女だったニコラの手に託され、侯爵家の敷地の中にある別館に追いやられたというわけである。

（ニコラを困らせたかったわけじゃないんだけど）

それなら、と作戦変更をした。

「じゃあ、オーランドに書こうかな。オーランドなら喜んでくれる？　あとカークも。カーク喜んでくれるかなあ」

ミリエラの世界はとても狭い。彼女が知るのは、この別館と侯爵邸の庭だけ。

顔を合わせる相手といえば、乳母であるニコラ、その夫で護衛騎士のオーランド、ふたりの息子でありミリエラの乳兄妹でもあるカークくらいのものだ。

「あ、あとニコラにも！　それならいいでしょ？」

「え、ええ……そうしましょう。そうしましょうね。私にもお手紙をくださるのですか？」

「うん！　楽しみにしててね。あと、紙とクレヨンちょうだい」

「すぐにお持ちします」

ニコラが隣の部屋に行くのを見送り、ミリエラは今の今までぶらぶらとさせていた足を止めた。

（いつまでも、皆をだましているのは心苦しいんだけど……さすがに言えないよねぇ。精神年齢二十五歳だなんて）

机に頬杖をつき、ミリエラは真顔になった。

ミリエラには、日本で暮らしていた前世の記憶がある――前世でも、家族の愛には恵まれなかった。

両親が離婚した時、前世のミリエラを引き取ったのは母であった。それきり、父とは顔を合わせていない。

大学までの学費だけは払った父。娘のせいで再婚できないと嘆いていた母。

子供が邪魔なら引き取らなければよかったのにと思ったこともある。

これ以上、母の負担にはなりたくなかったから、大学に入ってからは、一度も母と暮らしていた家には戻らなかった。

地元から遠く離れた場所で就職も決め、このまま一生ひとりで生きていくのだと、そう決意した。誰にも寄りかからないで生涯過ごすつもりだったのに。

その一生がまさか二十五年で終わるなんていうのは想像もしていなかった。気がついたら侯爵家の娘として生まれ変わっていたわけだが、今回の人生でも父とは別々に暮らしている。

(お父様が子供の時に、両親――私のおじい様やおばあ様――が亡くなって。それを支えたのがお母様だったんだよね)

ニコラが何度も話してくれたから、両親の事情についてもある程度は知っている。

ニコラは、ミリエラの母アウレリアにとっては乳姉妹にあたる女性だ。ニコラの母が、アウレリアの乳母だったのである。

生まれた時からアウレリアと一緒だったニコラの話によれば、両親と死に別れ、絶望していた父ジェラルドに寄り添い続けたのが母アウレリアだったそうだ。

両親が結婚する少し前に、ニコラは侯爵家の護衛騎士であるオーランドと結婚。アウレリアが嫁ぐ時、ニコラも一緒に侯爵家に入ったのだという。

（まさか、私が生まれた時にお母様が亡くなるなんて、誰も想像していなかったわよねぇ）

この世界では、精霊達が暮らしている。そして、グローヴァー侯爵家は、精霊の力を物体に込めて変容させる錬金術《れんきんじゅつ》に優れた家系であった。

当然、アウレリアの出産の際には、ジェラルドは妻子を守るために精霊の力を借りて多数の守りを用意した。

万全の態勢で出産を迎えたはずなのに、アウレリアはお産の最中に死亡した――神様は、どこまでも意地が悪いらしい。ジェラルドが絶望したのも当然である。

最愛の女性を奪ったミリエラを、許せないというのもあるかもしれない。結果としてミリエラは、生まれてから一度も父と顔を合わせたことはない。

「……ミリエラ様、こちらでよろしいですか？」

頼んだものを持ってニコラが戻って来たので、ミリエラは慌ててにこにこと子供の顔を作った。

普通の子供ではないとニコラ達に恐れられたくないから、前世のことは絶対に口にしないと決めている。子供のふりをするのももう慣れっこだ。

「ありがとう！　お手紙、楽しみに待っていてね！」

持ってきてもらったクレヨンを手に、画用紙に向き直る。

まだ身体ができていないからなのか、思うように手足を動かせないことも多い。

頭の中ではお手本の通りに書いているつもりなのに、出来上がるのは歪《いびつ》な文字の列である。

継続は力なり。字が上達したければ、練習を続けるしかない。

（ニコラには、いつもおいしいお菓子をありがとうって書くでしょ。それから、オーランドにはお野菜ありがとうって）

オーランドは護衛騎士だけれど、外出しないミリエラの護衛では、仕事などほとんどない。

朝のうちは、侯爵家所属の騎士団と訓練をしているが、終わったあとは庭師と一緒に侯爵邸で食べる野菜を育てている。

護衛騎士のはずなのに、違う役目を押しつけられても嫌な顔をしないできた男である。

それから、ふたりの息子であるカーク。彼には、なんて書こうか。

ミリエラの乳兄妹であるカークは、ミリエラを血のつながった妹のように可愛がってくれている。本当は、弟が欲しいらしい。

（カークだけじゃなくて、オーランドも、もうひとり欲しがってるんだよねぇ）

見た目は愛らしいもうすぐ五歳の幼児だが、中身は二十五歳である。彼らの考えていることくらいある程度は読める。

オーランドとカークは、もうひとり欲しい。

だが、そうしないのは――ニコラが、ミリエラに深い愛情を注いでいるから。今、ニコラが妊娠するようなことがあれば、ミリエラが傷つくと思っているらしい。

だから、二人目はもう少し待つべきだと判断していると家族に話をしているようだ。

普通の五歳なら赤ちゃん返りをするかもしれないが、ミリエラの中身は立派な成人女性である。

それを知らない彼らがミリエラを心配するのは――やはり、父に捨てられた存在だからなのだろう。

（カークには、ミリィは妹が欲しいって書こう）

ニコラに直接言ってもきっと聞かない。

こういう時は、子供の方から攻めるべきなのである――ニコラが心を決めるには、まだ、もう少し時間がかかるだろうけれど。

「――できたぁ！」

一時間後。

真っ白だった紙に書かれているのはミリエラの力作であった。三人それぞれに絵と文章を書いた〝お手紙〟である。

「ニコラ、ニコラ。お手紙、封筒に入れて！」

「はい。かしこまりました――封蝋《ふうろう》も押しましょうね」

「押すぅ！」

両手を高く上げ、ぴょんぴょんと飛び跳ねながら、あえてはしゃいだ表情を見せる。これが、この家でミリエラが愛情を失わないでいられる術。生存戦略なのである。


そして、ミリエラは五歳の誕生日当日を迎えることとなった。

やはりジェラルドは姿を見せなかったけれど――。

（寂しいって言うわけにもいかないよねぇ）

この別館で暮らしている料理人が心を込めて作ってくれたご馳走にケーキ。乳母一家と同じテーブルにつく。

本来、使用人は雇い主と同じ食卓にはつかないものだ。だが、ニコラ達乳母家族とミリエラは家族みたいなものだから、ミリエラも皆と一緒に食卓を囲む。

「ミリエラ様、お誕生日おめでとうございます」

ニコラからは、ブローチで手持ちのワンピースにつける手編みのレース襟が贈られた。

今まで地味だったワンピースも、これをつければ華やかに見えるのが嬉しいし、がらりと雰囲気が変わるのもいい。

「ミリィ、俺からは、これ」

カークからは、蛇の抜け殻。カークの宝物らしい。

カークはミリエラより一歳上の六歳である。年齢のわりにしっかりとした体格なのは、騎士である父オーランドの血が濃く出ているのだろう。髪の色と瞳の色は、父親であるオーランドと同じ黒。

やや垂れ目気味の甘い顔立ちは、母のニコラそっくりだ。年頃になったら、女の子達がきゃあきゃあ騒ぐんだろうなとミリエラは思っている。

だが、女の子にあげるプレゼントを選ぶセンスには恵まれなかったようだ。

「カーク、ミリエラ様になんてものを渡すの！　ああ、やっぱり事前に確認すべきだったわ！　それはダメ！　元あった場所に返してきなさい！」

蛇の抜け殻を見たニコラは悲鳴をあげた。

たしかに、女性――女の子――への贈り物には、あまり向いていないだろう。だが、ミリエラはにっこりとしてそれを受け取った。

「大丈夫！　ミリィ、これ欲しかったの！」

あまり触りたくないから、二本の指で抜け殻をつまむ。もう動かないとわかっていても、触るのは怖い。

（あとで、これを入れる箱をもらおう――！）

カークの厚意は無にしたくないが、目に見えるところに置いておきたいかと問われると別問題だ。ニコラはうろたえた目で、ミリエラの指先でぷらぷらしている蛇の抜け殻を見た。

「で、でも……」

「蛇は縁起がいいんだよ。だから、いいの」

「ミリエラ様は、時々、難しいことを言うから……」

ぼそりとニコラが言ったことに、ミリエラは顔を引きつらせた。

年齢に見合わない発言をしてしまうのは——中身が中身なので、しかたのないところなのだろう。縁起がいいのは白蛇だった気がするが、それは前世の知識だし、細かいことは気にしない。

(ちゃんと子供としてのふるまいができていると思うんだけどなぁ)

——もしかしたら。

もう少し大人になる頃には、前世の記憶が消えてしまうのかもしれない。それが、幸せなのか不幸なのか、今のミリエラにはよくわからないけれど。

「最後は、俺からだな。俺から、ミリエラ様にプレゼントするのは——これだ!」

オーランドが茶目っ気たっぷりに取り出したのは、革製の肩掛け鞄だった。

柔らかな革は、上品なキャラメル色。金色の金具がついているのが、とても可愛らしい。

「それと、もうひとつ。これもな」

オーランドは、ミリエラの前にもうひとつ包みを差し出した。その包みを開いて、ミリエラは目を輝かせる。

「すごい！　色がたくさんある！」

大きな箱の中に、びっしりとクレヨンが並んでいる。五十本ほどもあるだろうか。

同じ色をしているクレヨンは一本もない。赤だけでも濃淡様々五本以上あり、これだけの色があれば、なにを描いても困ることはなさそうだった。

「ありがとう！　皆、ありがとう！」

五歳の誕生日。

今年も父に会うことはできなかったけれど、こうして乳母家族がミリエラを気遣ってくれるのだから十分だ。これ以上を望むのは、贅沢《ぜいたく》というものだろう。

「それから、ミリエラ様。五歳の誕生日を迎えたということはわかりますね？」

「マナがあるか調べるんだね？」

「はい、その通りです」

この世界が日本と違うのは、魔術が生活の大半を担っているという点だ。

調理器具や、照明などに使われているのは、魔物から取り出した魔石に精霊の属性を持たせて加工したものだ。どんな道具を使うにしても、マナを流して起動させなければ使うことはできない。

「ミリィも、マナがあるといいなぁ……」

「そうそう。父上みたいに、マナが使えないと不便だもんな」

うんうんとカークはミリエラの言葉に同調した。

体内にマナを持っていない人間は、一定数いると言われている。

十人にひとりという割合で、それなりの人数がいることから、表立って差別されるほどのことはないが、結婚や就職の際に若干不利になるとかならないとかいう噂もある。

「オーランドは強いから、大丈夫だよねぇ」

「ははは、ミリエラ様に言われるとは。そんなに気にしているように見えるのかな？」

ミリエラに首を傾げて見つめられ、オーランドは苦笑いする。

この別館で暮らしている人のうち、オーランドだけはマナを持っていないのだ。

だが、その分彼の肉体能力はすさまじく、侯爵家に仕える騎士の中で一番強いのはオーランドらしい。

「気にしてるとは思わないよ？　オーランドはとっても強いもの」

ミリエラの言葉に、オーランドの顔には満面の笑みが浮かぶ。

「お食事を終えたら、マナをお持ちか確認しましょうね。錬金術師の方がいらっしゃいますから」

「うん」

マナを持っているか測定するには、錬金術師に診てもらう必要がある。ミリエラは、おとなしく食事に戻ったのだった。

「では、こちらの板に手を置いてください」

錬金術師の手によって、ミリエラの前に差し出されたのは、見たこともない装置だった。

奇妙な装置の上に置かれた板の上に手を置く。

錬金術師が装置のスイッチを入れると、板の上に置いた右手がもぞもぞとし始めた。

「わわわ、わ！　やだ、これ気持ち悪い！」

ミリエラは手を外そうとしたけれど、板に張りついたように動かなかった。

その気持ち悪い感覚が続いたのは、数分というところだろうか。錬金術師がスイッチを切ると、その感覚もまた消え失せた。

「お嬢様は、マナをお持ちです。それも、かなり強力なマナですよ」

おめでとうございます、と錬金術師は深々と頭を下げた。ミリエラは自分の手をじっと見つめた。

「今、お嬢様の身体にマナが流れているのを確認いたしました。お嬢様、マナを流す時には、手のひらや指先に先ほどの感覚を呼び起こしてください。マナを流すことができます」

ということは、これからは自分でランプをつけることができるのか。

この世界、動力源は魔石に頼っている。魔石の持つマナを使うことによって、明かりをつけたり、水をくみ上げたりするのだ。

そして、魔石のマナが空になったら、車にガソリンを入れるように、魔石にマナを注入する。

そして、様々な器具のスイッチを入れるだけでも、マナが必要なのだ。

オーランドのようにマナを持たないとされている人は、マナリングと呼ばれる魔道具《まどうぐ》を持ち歩いている。

これは、他の魔道具を起動するという役目を持つものである。魔石を使って作られていて、マナリングのマナがなくなったら、他の人に注入してもらわなくてはならない。

そして、こういう人のために、マナを注入してやるマナ屋という商売も存在するほど、生活すべてが魔道具に頼りきりと言ってもいい。

「ミリィ、ランプつけたい！」

ミリエラは、部屋の隅に駆け寄った。

そこに置かれているのは、ステンドグラスを使ったアンティークな雰囲気のランプだ。このランプのスイッチを入れると、部屋中が柔らかな光で満たされるので気に入っている。

（銀色のふわふわ……）

先ほど、板から流れてきたもやもやとしたもの。それが、自分の中にもあるのを意識する。

心臓のあたりにそれがあるのを発見。そのもやもやを引っ張り上げ、指の先から放出するようイメージする。

先ほど手のひらに感じたもぞもぞという感触。

それを懸命に呼び起こしながら、ランプのスイッチに触れると、ランプが光を発し始めた。

「おおおお！」

赤、青、黄色といった様々な光が、窓から差し込む日光に重なる。ミリエラは素直に感嘆の声をあげた。とても、美しい光景だ。

「じゃあ、消すね！」

消すためのスイッチは、点灯するためのスイッチの横にある。そちらに触れると、光は消えた。

「おおおおおお！」

もう一度、マナを流しながらスイッチに触れる。再び、色とりどりの光が、室内を照らす。

（……まるで、魔法使いみたい）

前世にはマナなんて存在しなかったから、マナを使うのは初めてだ。物語の中の魔法使いになったみたいで、ドキドキする。

「俺も俺も！」

カークには頼んでいないのに、勝手にランプに触れる。

一応、五歳の誕生日を過ぎたら試してみることになっているが、マナを流す感覚がよくわからず、最初のうちは魔道具を起動することができない者もいるそうだ。

そんな人でも、練習を繰り返すうちにマナを上手に扱うことができるようになっていくらしい。

「まさか、一回で成功するなんて」

「カークでも、五回くらい挑戦したのにな」

ミリエラの様子に、オーランドとニコラが驚いたように顔を見合わせている。

「あ、そうだ。ニコラ。マナを入れておいてくれないか？」

「いいわよ。貸して」

オーランドは、指輪を外してニコラに渡した。マナを使うことのできないオーランドにとっては、このマナリングは命綱《いのちづな》のようなものである。指輪の形に加工されることが多いので、一般的にはマナリングと呼ばれているが、ペンダントや髪飾りに加工する人もいるそうだ。

「ニコラは、マナを入れることができるの？」

「私は多い方ですからね」

「お屋敷では、マナ屋に頼んでいるんだと思ってた」

ニコラの説明によれば、屋敷で使っている魔道具については、体内のマナ量が多く、補充することのできる使用人が補充しているそうだ。

ニコラもマナの補充係ができる程度には、強いマナの持ち主だと初めて聞かされた。マナの補充係をやらないのは、ミリエラの世話をする方が大事だからだそうだ。

「……血は、争えないなぁ。侯爵様も、マナを扱うのがお上手だろ」

嬉しそうに目を細めて、ミリエラの様子を見ていたオーランドがそう口にした。

「オーランド！」

「あっ……」

小声でニコラに叱られ、申し訳なさそうにオーランドは口を閉じた。

（お父様も、錬金術師だっていうもんね……今は、お仕事はしていないけど。マナの扱いが上手ってことなんだろうな）

なにも気づいていない顔をして、ミリエラはマナを使えることを喜んでいるふりをする。そうしておいて、窓の外に目をやった。

（……ん？）

窓枠のところに、一列に並んでいる小人《こびと》が見える。揃いの青い服を着てちょこんと窓枠に腰かけた小人達は、ミリエラに向かって手を振っていた。

ミリエラは目をこすった。見えてはいけないものが見えている気がする。というか、さっきまであんなものは見えていなかった。

もう一度目をこすって見てみる。やはり、小人達が手を振っている。

「ミリエラ様、どうかしましたか？」

「う、ううん……なんでもない。ミリィ、眠くなっちゃった」

まったく眠くないのだが、口に手を当てて、大きくあくび。必殺子供の眠気である。

「初めてマナを使った時は、疲れるものなんじゃないか？　俺はよくわからないけど」

「そうね。きっとそうだわ——ミリエラ様、お部屋に行きましょうね」

「うん」

最初は眠いふりだけのはずだったのが、どんどん瞼《まぶた》が重くなってくる。ニコラの腕に倒れ込むようにして、ミリエラは目を閉じた。


マナを扱えるのならば、魔術を使えるようになる可能性がある。

そんなわけで、ミリエラには魔術の勉強が追加されることになった。

この世界、ごくごく当たり前に魔術が存在しているわけで、幼い子供向けの魔術の入門書なんかもあったりするのである。

とはいえ、五歳児なので、そんなにしっかりとした勉強をするわけではない。今までの文字の読み書きの時間に子供向けの魔術書を読むことも許されるようになった。あとは、基本的なマナーくらいのもの。計算は、六歳になったら学ぶことになっている。

（もし、私がすごい魔術師になったら……）

絵本を読みながら、ミリエラは考える。この絵本は、魔術の入門書だ。どんな形でマナを活用すればいいのかが書かれている。

錬金術も魔術の一種なのだが、この世界では別物として扱われている。

体内のマナを使い精霊の力を借りて発動するのが魔術。

そして、体内のマナを使い、精霊の力を魔石やその他の物体に固定し、扱いやすいようにするのが錬金術と分けられているそうだ。

魔術は、発動時に多量のマナを必要とするため、専門の訓練を積んだ魔術師にしか操ることはできない。そして、魔術師になるのはかなり大変なのだという。

錬金術師も同様に、錬金術師になるまでは大変なのだが、錬金術師の発明した魔道具は、マナさえ持っていればどんな人にも扱うことができるというのが違いだろうか。

また、魔物との戦いに使う武器や防具の中にも錬金術を使って特定の効果を持たせたものもあるという。

「……それにしても」

ぼうっと窓の方を見ながらミリエラはつぶやいた。

視界がうるさい。この世界、ありとあらゆるものに精霊が宿っているというが、どこを見ても精霊が目に入ってくる。

今も、窓のところに並んだ青い服の小人達がミリエラに手を振っている。

「……なんで、皆平気なんだろう」

もう少ししたら、慣れるのだろうか。どこを見ても視界をうろうろする精霊の存在に。

（……うるさいなぁ）

先ほどから、ミリエラを呼ぶ声がうるさい。外に出てくるようにと何度もミリエラを促している。

庭で遊んでもいい時間になっているし、うるさくしている者を探しに行ってもいいだろう。

季節は、薔薇の時季を迎えようとしている頃だった。

侯爵邸には立派な薔薇園があるのだが、春先から真夏に近い時季まで盛りの時がずれるよう、様々な種類の薔薇が植えられている。

そして今は、初夏に最盛期を迎える品種の薔薇が、美しく咲き誇っているところだった。

「――よし！」

今日も視界の中でちらちらと精霊達が踊っている。うるさいな、と思いながらも精霊達を追い払うことはしなかった。

精霊達が、ミリエラを気遣ってくれているのがよく伝わってきているから。

ピンクの薔薇でできたアーチの間を走り抜け、声の導く方へと向かう。

『娘、我を呼べ』

そう耳の奥から話しかけてくる声は、誰のものなのだろう。頬を撫でていく優しい風。

「呼ぶ、誰を？」

『我を呼べ』

「――それなら、来て、ここに」

両手を差し伸べ、そう呼びかける。

そのとたん、ミリエラの目の前に現れたのは、美しい一頭の猫だった。真っ白な長い毛並み、優美な尾。生き生きとした青い瞳。

ミリエラを背に乗せられそうなほどに大きい。興味なさそうにミリエラを見て、ちろりと舌を出した猫は鼻先を舐めた。

（……なんの精霊なのかな、この子）

ミリエラの心の声が聞こえたらしい。猫は不満そうに尾を振った。

『我は〝子〟ではないぞ』

「人の心を勝手に読むのはやめようか――で、あなたはなんの精霊なの？」

半眼になったミリエラは、両手を腰に当てて背中をそらせる。舐められてはいけないと本能的に思った。

『我か？　我は風の精霊だ』

風の精霊もまた、ミリエラの前でえへんと胸を張る。そうすると、ミリエラよりも視線の位置が高かった。

「へぇ、風の精霊、ねぇ……」

今までミリエラの見ていた風の精霊とは違う。今までの風の精霊は、緑色に光る丸い玉のような姿をしていた。

『娘、我と契約しろ』

「娘じゃないよ、ミリエラだよ――……どうして契約したいの？」

『そなたの側にいたいからだ――前の生の記憶を持つ者よ』

前世のことに触れられて、ミリエラは眉間にしわを寄せた。前世のことは、あまり触れたくはないのだが。だが、前世のことに気づくあたり、ただの精霊ではないのかもしれない。

「……でも」

精霊はミリエラに頬を寄せてきた。ふさふさの毛並みが、頬に触れる。

『娘、我と契約しろ。そうしたら、我がそなたを守ってやる』

「……だから、ミリエラだってば」

『娘、我に名前で呼んでほしかったらそなたも我を名前で呼べ』

「名前って……？」

ミリエラは、風の精霊の方に手を伸ばした。その手に、精霊は鼻先を押しつけてくる。

『そなたが名をつけろ。我には、名前がないからな』

「そうなの？　それなら、あなたの名前は」

青い瞳を見つめる。見つめ返してくるのは、吸い込まれそうな鮮やかな青。どんな名前がいいだろうか。

「あなたの名前は、エリアス。風の精霊、エリアス……素敵でしょ？」

『——契約は、成立した』

「はぁぁ？」

名前をつけろというから、名前をつけただけ。それなのに、契約が成立したとはどういうことだ。

エリアスと名づけられた風の精霊が重々しく契約の成立を告げた瞬間——ドーン！と激しい爆発音がした。ミリエラの周囲を突風が走り抜けていく。

「こら、風を起こさないの！どういうこと？」

「我とそなたの契約が成立した証さ！我が名はエリアス、風の精霊王エリアスだ！」

「え……、待って、待って精霊王って」

困惑するミリエラの声に重ねるように、エリアスの愉快そうな笑い声が響く。ミリエラの周囲を吹きすさぶ風は、いつまでたっても止みそうになかった。髪もスカートの裾もばさばさと翻り、風の強さに目を開けることもできない。

「エリアス、風強いよ、止めて！止めてってば！」

ぱしぱしとエリアスの身体を叩きながら何度も叫び、ようやく風が止む。

その、とたん。

「——ミリエラ！　ミリエラはどこだ？」

不意に聞こえてきた、今まで聞いたことのない男性の声。

視界が鮮明になってくると、土ぼこりの向こう側にひとりの男性が立っているのが見えた。

その瞬間——世界中の時が止まったような気がした。

「……パパ？」

ミリエラの口から茫然とした声が漏れる。

そこに立っていたのは、生まれてから一度も会ったことのない——肖像画でしか見たことのない——父だったのだから。

「……アウレリア？」

だが、ジェラルドはミリエラの顔をまじまじと見て、アウレリア——と母の名を呼んだ。ミリエラの瞳と、ジェラルドの瞳が正面からぶつかり合い——そして、父は慌てた様子で身を翻した。

「待って！　待って、パパ！」

ミリエラの呼びかけに、一度足を止めかけ、こちらに向きを変えようとし——また、そこで動きが止まる。

「——パパ、待ってよ！」

悲痛なミリエラの声が響く。だが、彼はその場に立っているだけだった。一瞬、ミリエラと目が合ったような気がしたけれど、それは気のせいだったかもしれない。

「――待って！」

もう一度呼びかけたけれど、それ以上、ミリエラも続けることはできなかった。

ジェラルドの目は、恐ろしいほどに凍りついていたから。

なにも言えずにいる間に、再び彼は向きを変える。そして、今度こそ、振り返らずに行ってしまった。

＊　＊　＊

現在二十六歳であるジェラルド・グローヴァー侯爵は、バウムグレン王国を支える有能な錬金術師である。いや、有能な錬金術師だったというべきだろうか。

彼の不幸は、五歳の時に両親が惨殺されたことに始まった――と言われている。

ある嵐の夜、侯爵邸に強盗が押し入った。グローヴァー家は代々優れた錬金術師を輩出している家系であり、侯爵邸は、魔道具による守りを固めていたにもかかわらずだ。

そして、当主夫妻だけではなく、その夜本館にいた使用人も全員死亡。

助かったのは、本館以外の場所で就寝していた使用人達と、当主一族では、侯爵の手によって、魔道具であるベッドの下に隠されていたジェラルドただひとりだった。

そして、生き残ったジェラルドの後見人に誰がなるのか、残された親族の間で醜《みにく》い争いが繰り広げられることとなった。

それは、侯爵家の財を狙ったものであったとも、亡くなった先代侯爵から『自分をしのぐ逸材になる』と、五歳の段階で断言されていたジェラルドの才を狙ったものだともいわれている。

だが、ジェラルドの後見人の座を勝ち取り、侯爵家に乗り込んだ親族夫妻も、すぐに病死。

その次の後見人も妻が事故死したという事情があって侯爵邸を離れた。

以来、グローヴァー侯爵は呪われた家系と言われるようになった。

これだけ、次々に死者が出ているのだ。

恐れられても無理はないだろう——皆、そう思ったのだ。当のジェラルドでさえも。

その後も、新たな後見人が屋敷に入る度に新たな不幸に見舞われ、ジェラルドが十二の年には、屋敷にはジェラルドとわずかな使用人しか残らないようになってしまった。呪いが伝染するのを恐れてか、訪問する人も激減した。

そんな中、変わらずグローヴァー侯爵家を訪れる数少ない貴族の中にあったのが、ハーレー伯爵《はくしゃく》家であった。

ハーレー伯爵は、ジェラルドからすると母方の親族にあたる人で、後見人も逃げ出し、先代侯爵の代から残っている使用人しかいない屋敷で暮らすジェラルドを心配してくれた。そしてそれは伯爵家の令嬢アウレリアも同様であった。

「ジェラルド、お庭でお茶を飲みましょうよ！　このお屋敷の薔薇園はとっても素敵。庭師の腕がいいのかしら？　それとも、特別な魔法でも使っているの？」

アウレリアはジェラルドより二歳年下であった。

くるくると渦を巻いているストロベリーブロンドに、ピンクのリボンを飾っているのが愛らしい。

ハーレー伯爵家の娘である彼女は、父親同様、ジェラルドのことを恐れなどしなかった。ぐいぐいと近づいてきては、閉じ籠もっているジェラルドをあちこち引っ張りまわそうとする。屋敷を訪れる度に、ジェラルドの手を引いて庭園へと連れ出すのも彼女だった。

「庭？　さあ……庭師は、頑張っていると思うけど。あとは、精霊の力が、この庭は強いから」

「ああ、あなたは錬金術師だものね。優れた魔術師や、錬金術師のところには、精霊がたくさん集まるって話だもの」

大きな目を丸くして、感心したように叫ぶアウレリアに、ついジェラルドも抵抗する気を失った。

年下のくせに、アウレリアは姉のようにジェラルドの世話をやいた。

「ジェラルドってとっても綺麗。物語の王子様みたい。素敵な銀髪ね」

「あなたが作ってくれた魔道具、とっても素敵。ただのオルゴールではないのね」

ジェラルドの目の色や髪の色を誉め、彼の作った魔道具を誉め。彼女の中には、悪意なんてまったくなかった。

――だから、ジェラルドも彼女に惹かれていったのだろう。

錬金術師や魔道具師の作る魔道具の中に、音声と映像を映す〝映写機〟がある。

魔石といくつかの素材を組み合わせて作った記録板に、〝記録機〟を使って記録した音声と映像を再生するものだ。

アウレリアが屋敷に来ない日でも、記録板に記録しておけば、いつでも彼女の姿を見ることができる。

アウレリアが屋敷を訪れた時は、記録機を持ち、彼女の姿を残すのがいつしか当たり前のようになっていた。

重ねる愛しい日々。少しずつ育っていく愛情。

ジェラルドがアウレリアに向ける気持ちも、アウレリアがジェラルドに向ける気持ちも、とても純粋で愛おしいものだった。

そして、ジェラルドは思った。アウレリアとならば、この屋敷にかけられた呪いを乗り越えられるのかもしれない。

最高に幸せだったのは、アウレリアと結婚した当日。

そして、同じくらい幸せだったのは、子供ができたと知った日のこと。

少しずつ大きくなっていくお腹に手を当て、男の子だろうか、女の子だろうかと語り合う。

どんな名前をつけようか。どんな子供に育つだろうか。そんな会話が、どうしようもなく幸せだった。

アウレリアが実家から連れてきた侍女ニコラ。父の代からジェラルドに仕えている騎士オーランドの夫婦。

そんなふたりの間に生まれたカークの泣き声や笑い声が屋敷に響く。それは、ジェラルドが成人して以来、初めて見る生の証であった。

このままずっと、幸せな日々が続くのだと――そう信じていたのに。

死神は、どこまでもジェラルドの周囲の人に鎌を振り下ろすのをやめられないらしい。

ふたりの間に最愛の娘が生まれたその日。アウレリアはこの世を去った。

当代きっての錬金術師の家だ。出産に対しては、ありとあらゆる守りを固めていた。

――それなのに、なぜ。

ニコラが抱いている娘を気にする余裕もなかった。生まれたばかりの赤子の悲痛な泣き声も耳に届かない。

ただ、アウレリアの手を握り、魂を呼び戻すことができるのではないか、今にも目を開くのではないかとひたすらにさすり続けるだけ。

「ジェラルド様……お嬢様ですよ。抱いてあげてください……お母様には、抱いてもらうことができないのですから」

「ダメだ、ニコラ。私が触れたら――触れたら、きっと。娘もいなくなってしまう」

「――でも！」

ニコラが差し出す娘に、どうしても触れることができなかった。

自分に乗り移っている死神が、娘に手を伸ばすのではないかと恐ろしかった。いつか、オーランドやニコラ、カークにまで呪いが伝染するのではないだろうか。

異様な室内の空気を感じ取ったのか、泣き続けている娘を見て、小さくつぶやく。

「名前は……ミリエラ。ミリエラ・グローヴァー……ニコラ、頼む。娘を、私の手の届かないところにやってくれ。本館に住み込んでいる者は、皆、出て行くように――ここに残るのは、私ひとりでいい」

アウレリアの手をさすり続けながら、ニコラにそう懇願する。

ふたりで決めた娘の名前。ふたりの好きな花、〝ミリエラ〟の名を娘が生まれたらつけようと、そう話し合っていたのは昨日のことだったか、おとといのことだったか。

泣き続けるミリエラを抱いているニコラが、顔をくしゃりとさせて頭を下げる。

「かしこまりました――では、私達は別館に移ります。お嬢様にお会いになりたい時は、いつでもお声をかけてくださいませ」

自分だって、泣き出しそうなのをこらえているくせに、ニコラは気丈にもそう語る。

オーランドが、ニコラの肩に手を置くのが、視界の隅に映った。

「……すまない、ニコラ。すまない、オーランド」

それきり、言葉を続けることはできない。娘の名前も、それ以上口にすることはできなかった。

娘の存在を記憶の底にしまい込もうとしながら、今まで以上に他人と接するのを避ける生活が始まった。

魔道具の制作もやめてしまった——下手《へた》に世間と関わったら、また誰か死ぬことになるのかもしれない。

未練がましいと、他の人は笑うのかもしれない。

家から追い出したくせに、ミリエラのことが気になってしかたない。

オーランドとニコラは、そのあたりのジェラルドの気持ちを完全に理解しているようだった。

雨が降らなかったら、毎日同じ時間にカークとミリエラを外遊びに連れ出す。

雨が降った日は、遊ぶ場所が広い温室に変わるのだ。

毎日見に行くのは恐ろしかった。見ているだけでも、娘を不幸に追いやってしまうのではないかと。

だから、時々。本当に時々——どうしても我慢できなくなった時だけ、ミリエラの様子を遠くから確認しに行く。

子供、特に赤子の成長は早い。

最初のうちは、ニコラの腕の中にいたミリエラが、よちよちと歩くようになり、走り回るようになり。

すぐにニコラに引き離されて安堵の息をついたけれど、カークと取っ組み合って喧嘩をしているのを見かけた時には、はらはらとしてしまった。

最初の誕生日には、アウレリアの形見である守りの短剣を――気休めにもならないかもしれないと思いながら、ミリエラに贈る。

直接贈るのははばかられて、オーランドの名前を借りた。

もう遊ぶことができるだろうとその次の誕生日には、ミリエラと同じくらいの大きさがあるぬいぐるみを贈った。三回目の誕生日には、そのぬいぐるみと対になるぬいぐるみを。

四歳の誕生日には、都で流行っているという精巧な着せ替え人形。

五歳の誕生日には――可愛らしい革の鞄を。そろそろ、可愛いものを身に着けたくなるのではないかと考えたからだ。

時々ジェラルドの様子を確認しに本館を訪れるオーランドやニコラが語ってくれるミリエラの話は、なにひとつ聞き漏らさないようにしている。

――もし。

と考える。もし、今でもアウレリアが生きていたのなら――つい、そんなことを考えてしまうのだ。

アウレリアが生きていたら、今頃、彼女の隣でミリエラと共に微笑んでいたのではないか、と。


（……そろそろ、真面目に考えた方がいいのかもしれないな）

ミリエラが五歳の誕生日を迎えた頃。ジェラルドは、そう考えるようになった。

今まで、遠ざけていたくせに、徹底的に遠ざけることはしなかった。いや、できなかった。

本館と別館。

離れていても同じ敷地の中だ。いつでもこっそり姿を見ることができるのも、同じ敷地の中にいればこそ。

だが、このままミリエラをここに置いておいていいのだろうか。もし、ミリエラの身になにか起こったなら。

――そして、それは唐突に起こった。

薔薇の咲き乱れる庭園の一角で起きた巨大な爆発。

思わず閉じ籠もっていた部屋から飛び出す。感じ取ることができる。あの爆発の中心に、巨大な精霊の存在を。

――もしかしたら、ミリエラの身になにか起こったのかもしれない。

窓から飛び出し、慌てて駆けつけてみれば――そこにいたのは、遠い昔恋をした少女とうりふたつの少女。

巨大な白い猫を従え、こちらに不思議そうな目を向けている。

「アウレリア……？」

思わず、つぶやいた。違うとわかっていたのに。

アウレリアではない。彼女の髪はくるくると渦を巻いていた。

目の前にいる少女の髪はしなやかでまっすぐだ。けれど、初めて会った頃のアウレリアに生き写しだった。

少女は、アウレリアそっくりの大きな目を見開き――そして、次の瞬間には、彼女の口から信じられない言葉がぽろりと漏れる。

「――パパ？」

その一言が、ジェラルドを現実へと引きずり戻す。

そうだ、自分は父親なのだ。娘は守らなければ。

だが、側に寄れば、娘を不幸に引きずり込みかねない。

なおもミリエラが呼ぶのに、耳を塞ぎ、懸命にその場から歩みを進める。一度だけ振り向いてしまったのは――ジェラルドの弱さなのかもしれなかった。あの頃のアウレリアそっくりの面差しを、記憶に焼きつけたくて。

最低限、通いの使用人だけに出入りを許している本館に戻り、誰も入ってこられないよう鍵をかけた部屋に閉じ籠もる。

「ダメなんだ、ミリエラ。私は——君を抱きしめることはできない」

懺悔《ざんげ》の言葉は、ミリエラに届かない。わかっていても、そうつぶやかずにはいられなかった。

第二章　父と娘の歩み寄り

走り去った父を、黙って見送ることしかできなかった。

（……私、やっぱり嫌われているんじゃ）

不意にそんな想像が頭に浮かぶ。

「なに、細かいことは気にしなくていいんだ。我を連れて、屋敷に戻るがいい」

機嫌がよさそうなエリアスは、モフモフとした尾を左右に振った。今の父との遭遇は、細かいことで片付けていい問題ではないのだが。とはいえ、今ミリエラにできることはない。

エリアスを連れて屋敷に戻ろうとしたら、慌てた様子で走って来たニコラ達と顔を合わせることになった。

「わわ、なんだよ。でっかい猫だな！」

と、ニコラのスカートの陰に隠れたのがカーク。

「ミリエラ様、食べられたりはしませんか……？」

と、腰の剣に手をかけたのがオーランドであった。

「ふたりとも、馬鹿か。我は、風の精霊。人間を食べたりなどしない」

ミリエラの隣にいるエリアスの尾が、ぶわっと空気をはらんだ。ちょっとイラッとしたらしい。

そんな中、動じなかったのはニコラだった。

「あなたはミリエラ様と契約をした風の精霊なのですね？」

「そうだ。風の精霊王である」

「まあ、素晴らしい。では、ミリエラ様のお部屋にどうぞ」

と、エリアスを別館に招き入れたかと思ったら、窓際に毛足の長い敷物を広げる。そこが、エリアスの指定席――もちろんどこに行ってもいいのだが――だそうだ。子供達には、ココアが用意される。

ミリエラはちょこんとソファに座り、ニコラの用意してくれたココアをちびちびと舐め始めた。

「さあさあ、精霊王様、こちらにどうぞ」

満面の笑みを浮かべながら、ニコラはエリアスを敷物の上にいざなう。いつの間にか、彼女の手には、大きなブラシがあった。

ごろんとエリアスがそこに身を横たえると、ニコラはせっせとブラシをかけ始める。

「ふわふわの毛並みが本当に素敵！」

「そなたのブラッシングの腕もなかなかのものだ」

「光栄ですわ」

長々と寝そべり、ニコラによってブラッシングされているエリアスはものすごく満足気だ。喉がゴロゴロ鳴っているのは、猫に近い性質ってことなんだろうか。

「ニコラ……なんで、お前精霊王様に普通にしてられるんだよ」

「母上、食われないのか？」

ミリエラの座っているソファの後ろに半分隠れるようにしているのはオーランドとカークである。やはり、エリアスのことはちょっと怖いらしい。護衛騎士が隠れていていいんだろうか。

「そこまで言うのなら、お前を食ってやろうか、小僧」

「うわあああああ！」

くわぁっとエリアスが牙をむき、尻餅をついたカークは腰を抜かしてしまったらしく、立ち上がることができないでいる。

「せ、せせせ精霊王様、息子の無礼はお詫びしますので――――！」

「冗談だ――イテッ！」

ふふふと笑ったエリアスの額を、ニコラが手にしたブラシで弾いた。こちらはこちらで精霊王を相手に恐れなすぎである。

「息子に手を出したら、いくら精霊王様でも許しませんよ？」

「……すまない。悪ふざけが過ぎた」

叱られて、エリアスがしゅんとなった。

どうやら、母の威厳というものは、精霊王相手でも通じるもののようだ。ココアを舐めながら、その様子を眺めている自分もどうかとミリエラは思う。

「えっと……じゃあ、エリアスのことを整理したいんだけど」

涙目のカークがオーランドに抱え上げられるのをちらりと肩越しに見上げて確認し、改めてエリアスの方に向き直った。

「エリアスは、風の精霊の中でも強い精霊で、精霊王って呼ばれてる。それで、ミリィと契約してくれたってことよね。ここまでは合ってる?」

「合っているぞ」

「じゃあ、どうしてミリィと契約してくれたの?」

「気に入ったからだな!」

ブラシをかけてもらってつやつやになった毛並みを自慢するかのように、エリアスはくるりと一周回った。

白くふさふさとした尾が、ふわりと彼のあとを追う。

「精霊が契約をするかどうかは、相手が気に入るか否かによって決まる」

精霊が、こうやって姿を見せるのには、契約者のマナが必要になるのだそうだ。

一度具現化してしまえば、あとは少量のマナですむのだが、その具現化をする際に必要なマナの量だけでも、かなりのものになるらしい。

「そういう意味では、相手を選ぶと言えば選ぶな。少ないマナしか持たない相手と契約をしてしまうと、相手を殺しかねない」

「へぇ、そうなんだぁ……」

いつの間にか泣き止んでいたカークは、オーランドの腕の中からじっとエリアスを見つめている。エリアスのふわふわの毛並みが気になってしかたないようだ。

「――じゃあ、エリアスはしばらくこっちにいるの？」

「いや、そなたのマナが尽きる前に、精霊界に戻るよ。こうして具現化しているだけでも、いくらかはマナを使うからな。さて、戻る前に大事な話がある――そこの者達は、信用できるか？」

信用できるか、という問いかけに室内の空気がぴしりと固まった。

ブラシをぐっと握りしめたニコラが、力強く宣言する。

「もちろんですとも。わが家族全員、ミリエラ様に忠誠を誓っております」

「――そうか」

重々しい声でそう言ったエリアスは、じっとマウアー家の三人を見つめている。

エリアスの視線をミリエラも追うと、オーランドはまっすぐにエリアスを見つめ返し、カークは再び泣き出しそうになっていた。

「そうだな。そなたらは信用できる――これまで以上に、ミリエラを大切に守るがいい。ミリエラは精霊を見ることのできる能力の持ち主だ」

「……精霊、ですか？　しかし、精霊眼の持ち主というのは、伝説の存在では――」

泣き止んだカークを床に下ろしながら、オーランドは問いかけた。

重大そうな話を聞いて、エリアスに対する恐怖というのは、一瞬にして消えてしまったようだ。護衛騎士としてのきりっとした表情を取り戻している。

「伝説の存在などではない。ミリエラ、見えているのだろう？」

「目の中でぶんぶんしてる子達でしょ？　うるさいけど……誰もなにも言わないから、それが普通なのかなって思ってた」

マナを自覚したその日から、ミリエラの視界は急にやかましくなった。

この世界、精霊が存在して当然だというのが刷り込まれていたから、精霊が見えても気にしていなかった。どうやら、当たり前ではなかったらしい。

「基本的に、精霊が人の目に見えるようになるのは、契約者のマナを借りて具現化した時だけだ。契約していない精霊を見ることができる人間は、それほど多くない。精霊のいとし子だけだ」

「……そうなんだ」

別に、見えないままでもよかったのだが――なにしろ、視界の片隅をいつもなにかがちらちらしているというのは、非常に落ち着かない。

ここは室内だからまだまし——というわけでもなかった。

長い年月使われていた物の中には、精霊を宿すものもあるらしい。前世で言うところの付喪《つくも》神《がみ》的な存在といえばいいだろうか。

そんなわけで、百年以上前から使われているという棚からは、木製の人形のようなものがこちらをじぃっと見つめている。

「ミリエラの秘密は守れ。我との契約についてもだ——ミリエラが友と認めた相手、信頼できると判断した相手以外には知らせるな」

「かしこまりました、精霊王様」

ブラシを右手に持ったまま、ニコラは丁寧に頭《こうべ》を垂れる。オーランドとカークも慌てて彼女に従った。

「ミリエラ。そなたはいい目を持っているが、マナを常に垂れ流しているということでもあるからな。このままだと倒れるぞ」

「それは、困る。どうしたらいい？」

「視界の調整が必要だ。帰る前に教えてやろう——人間には少しわかりにくいかもしれないが、な」

そうしてエリアスは親切にマナの流れを変える方法を教えてくれた。体内のマナというのは、血液と同じように常に循環しているものなのだそうだ。

そして、目にマナが流れないように調整することで、精霊の姿は目に入らないようにできるという。それは難しくなかったから、少し練習しただけで誕生日からずっとミリエラを悩ませていた視界の問題は解決した。

「ありがとう、エリアス。皆うるさいの我慢してるのかと思ってた」

「かまわん。契約者に倒れられては困るからな」

エリアスの顎の下をくすぐってやる。やはり、猫のように喉をゴロゴロと鳴らした。

「俺も、撫でていい……いい、ですか？」

こわごわとカークが近寄ってきた。怖いことは怖いが、気になるらしい。

「ああ、いいぞ」

意外とエリアスは子どもには優しいようだ。カークが撫でやすいように、彼の方へと向きを変える。

「うわぁ、ふわっふわだぁ……！」

カークの目が大きく丸くなった。今にも、零《こぼ》れ落ちてしまいそうだ。その様子を眺めながら、ミリエラはくすくすと笑う。

「精霊王様」

「いや、いい。我が好きでやっているんだからな。オーランドよ、そなたも撫でたいのなら、撫でてもよいのだぞ？　いや、我を撫でろ。そして、この美しい毛並みをあがめろ」

ゆるゆると白くもふもふの尾が揺れる。それを視線で追ったオーランドは、こわごわと近づいて来た。

「父上、すごいんだ！　ここが、ものすごくもふもふ！」

カークに手を取られ、オーランドもおそるおそるエリアスに触れる。そして、ほっと息をついた。

「本当に、ふわふわだ……」

どうやらこの家族、長毛の生き物には弱いらしい。


こうして、エリアスという新しい仲間を得てミリエラの生活は少し変わった。

エリアスが、マナの使い方を教えてくれるようになったのだ。毎日決まった時間に、ミリエラはエリアスを具現化させる。

ミリエラと会話をするだけなら、精霊の世界にいても問題ないのだけれど、具現化してもらった方がやりやすいことはいろいろとあるのだ。

エリアスの前足の間に入り込み、背中を彼の胸元に預けた体勢で、体内のマナを意図的に循環させる。こうやってエリアスの力を借りると、体内のマナの存在を察知しやすくなるのだ。

体内のマナは循環させればさせるほど増えるそうで、エリアスがいない時にもこっそり練習しているのは内緒の話だ。

それから、カークにもマナの循環の練習に付き合ってもらうようになった。

(どちらかというと、エリアスの毛をわしゃわしゃするのが目当てのような気がするんだけど)

カークは、エリアスの毛皮に埋もれるのが嬉しくてしかたないらしい。いつも、エリアスが精霊界に戻る時間ぎりぎりまで「俺も！　俺も！」とねだって撫でている。

残念ながら、大人はマナを循環させてもあまり増えないそうで、ニコラは仲間には入らない。マナを持たないオーランドも同じだ。

その代わりニコラとオーランドは、エリアスにブラッシングしたり、おいしいお菓子を貢いだりと忙しい。精霊は食べなくても問題はないのだが、食を楽しむということはするそうだ。

乳母家族に歓待されるのをエリアスは案外楽しんでいるようで、ミリエラに呼び出される度に、乳母家族にもきちんと挨拶している。

「ねぇ、エリアス。ミリィがもっともっとマナをたくさん持つようになったら、エリアスをずっとここに置いておくこともできる？」

エリアスと契約してからひと月後。

お昼寝の時間にミリエラはそう問いかけた。

ベッドに動物を入れるのは本来厳禁だが、エリアスは特別である。ミリエラの問いに、ベッドの半分を占領しているエリアスは首を傾げた。

「ずっと、側にいてほしいのか？」

「……うん。だって、エリアスはミリィのものでしょ？　ミリィ、側にいてほしいの」

乳母家族の愛情は、ミリエラが独り占めできない。

それは、本来カークに与えられるべきもの。

カークに与えられるものを、ミリエラが分けてもらっているだけ。

そして、ニコラがミリエラの養育に力を注ぎたいと思っているからという理由で、彼らは次の子供を持つことができない。三人とも、もう一人は欲しいと思っているのに。

「ミリィの側に誰かいたら、ニコラ達も安心するんじゃないかなって思うんだ。そうしたら、その方がずっといいでしょう」

並んでベッドに横になり、エリアスの毛並みに頬を寄せる。彼の毛並みは、普通の猫と同じようにふわふわしていて温かかった。

両手両足を使ってしがみつけば、鼓動まで聞こえてきそうだ。精霊に、鼓動は存在しないけれど。

「……そなたには、父親がいるだろうに」

「ミリィ、嫌われているから」

父から母を奪ってしまったミリエラのことを、父は嫌っている。

一度も会いに来てくれないのがその証拠だ。それでも、侯爵家の中で生きることは許してくれた。

先日顔を合わせた時だって、ミリエラの姿を目にしたとたん、嫌そうに引き上げていった。

あの時、やはり嫌われていると確信した。

会いたくないと言えば嘘になるが、ミリエラがそう願うこと自体、父にとっては不快だろう。

そう語ると、エリアスは緩く尾を振る。

「そんなものか？　我には、そう考えているようには見えなかったが……」

父には会ったことがないということになっているが、正確に言えば生まれた直後、一度だけミリエラの顔を見たそうだ。

その次に顔を合わせたのはエリアスと契約を結んだあの場だ。そんなの、会ったうちには入らない。

「……茶にでも、誘ってみてはどうだ？」

「お茶？」

「ほら、人間は庭園で茶を飲むだろう。楽しそうにしているぞ」

「……それは」

母が亡くなって以来、この屋敷では一度も開かれていないけれど、他の貴族の屋敷ではガーデンパーティーがしばしば開かれているという。

気候のいい時季に庭園の美しい花を愛《め》でながら歓談するのは、貴族のたしなみなのだそうだ。

「我と契約したあの場所。あの場所はどうだ？」

「来てくれるかなぁ……」

「そなたが誘えば、やつは来るだろう」

なんで、エリアスはそんなに自信満々なのだろう。

だが、精霊王であるエリアスがそう言うのなら、一度だけお茶に招待するのもいいかもしれない。

これで招待を受けてくれなかったら、今度こそ諦めればいいのだ。

「わかった。やってみる」

ひとりでは、準備なんてできないから、ニコラ達にも相談しよう。そう決めると、お昼寝もそこそこにミリエラは部屋を飛び出したのだった。


お茶会の日時は、すぐに決められた。

侯爵家の庭園では最盛期をずらして咲くよう、何種類もの薔薇を育てているから、何度か薔薇の盛りは来るのだが、もうすぐ最初の盛りが終わってしまう。

二番目の最盛期に合わせて、父を招待する日を決めた。ミリエラ自身の手で招待状を書き、オーランドに届けてもらった。返事は、結局来ていない。

「――これでよし。返事はなかったけど――パパ、本当に来てくれるかな？」

真っ白なテーブルクロスの上に並ぶのは、ニコラに聞いて用意したお菓子達。

一口サイズのクッキーは、母が好んでいたものらしい。

父が好きなのは、食べやすい大きさのミートパイ。それに、香辛料をきかせた侯爵家特製のクラッカー。これに、チーズをのせて食べるのが好きだそうだ。

ミリエラの好きなものも知ってほしかったから、イチゴのジャムをたっぷり使ったジャムタルトも用意してもらう。

（……少しでも、私のことを覚えてくれたら）

〝ミリエラ〟ではなく〝私〟が顔をのぞかせる。心臓に手を当て、深呼吸を繰り返した。

そわそわと、傍《かたわ》らに用意した置き時計を見てみる。約束の時間ちょうど。

でも、まだ父は来ない。

五分過ぎた。まだ、来ない。

十分経過した。まだまだ、父は来ない。

だんだんとミリエラの肩が落ちてくる。

（……やっぱり、嫌だったんだ）

後悔の念が押し寄せてきた。

やはり、父を招待すべきではなかったのだ。今まで五年間、一度も会いに来なかったのに、今さら会いに来てくれるだろうなんて甘すぎだ。

「まったく、あいつはなにを考えているのだ」

ミリエラの側に座っているエリアスが、ぐるぐると唸った。彼の機嫌も悪くなっているらしい。

「もう、いいよ。エリアス。お菓子は——カークにも食べてもらおうよ。エリアスも食べるでしょう？」

ジャムのタルトは、カークの好物でもある。彼に分けたら喜んでくれるはずだ。そうしよう。その方がいい。

「……もう少し、もう少し待て」

カークを呼びに行こうとしたら、エリアスが焦って止める。そんなことをしたって無駄なのに。

——けれど。

「……ミリエラ？」

こわごわとかけられた声に、ミリエラの方も恐る恐る振り返る。そこに立っていたのはジェラルドだった。

長い銀色の髪をひとつにまとめ、肩から前に垂らしている。身に着けているのは、紺の一揃い。手には、小さな包みを持っていた。

「……パパ？」

長い長い沈黙ののち、震える声でそう問いかければ、彼は顔をくしゃくしゃにしてこくりとうなずく。

「遅れて……すまない」

ジェラルドが来たのは、時間を三十分も過ぎてからだった。お茶をいれるために用意した湯は、すっかり冷めてしまっている。

「ふん、人間はくだらないことにこだわるのだな」

「精霊王様――」

ジェラルドはそっと心臓に手を当てて目を伏せた。だが、それ以上は口を開こうとはしなかった。

「パパ、座って。新しくお湯を用意してもらうから」

「そこの湯を沸かせばよいのだろう？　よいよい、ミリエラ。そなたが動く必要はない。我に任せておけ」

エリアスが前足を振って合図すると、用意されていたケトルがふっと持ち上がった。その下にあるのは、魔道具である加熱器。これで、湯を沸かすのである。

「……精霊王様、あなたにそんなことをさせるわけには」

「そなたは、客人だろうが」

ジェラルドが手を伸ばしかけたけれど、エリアスはそれを制した。見えない手によって加熱器に置かれたケトルが、しゅんしゅんと湯気を上げ始める。

ふわり、とポットが持ち上がった。こちらもまた、誰も触っていないのに。

「うわあ！」

ミリエラも目を丸くしたけれど、ふと気がついた。これは、エリアスの眷属《けんぞく》がやってくれたのではないだろうか。

エリアスに教わったように体内のマナを動かし、精霊が見えるように視界を調整する。

「わあ、可愛い。可愛いねぇ、エリアス！」

今は、視界を精霊が横切ってもうるさいとは思わなかった。

白い翼の生えた小さな白猫達が、テーブルの上を飛び回っている。力を合わせてケトルを持ち上げ、ティーポットに湯を注ぐ。

カップにも湯を注いで温まるまでしばし待つ。カップやポットが温まったら、一度湯を捨て、ポットに茶葉を入れて再び湯を注ぐ。

かたりと音がしてそちらを振り返ったら、精霊猫の手によって、砂時計がひっくり返されたところだった。

「パパ、パパは見えないの？」

「見えないって？」

「精霊さん達が、お茶を準備してくれているの」

「……残念ながら、見えないんだ」

父の返事に、ミリエラはしょんぼりしてしまった。父にも、この光景を見せてあげたいのに。とても可愛らしいし、美しい光景なのだ。

「しかたないな、今回だけだぞ」

ぶつぶつとなにやら口にしていたエリアスは、尾で父の目元をさっと撫でた。

「本来、ジェラルドの目には具現化している我しか見えていないのだがな。しばらくの間だけ、我の力を貸してやる。ありがたく思え」

「……これは」

ジェラルドは目を丸くしている。

あちらこちら見ているのは、きっと初めて精霊を見たからなのだろう。

精霊達が、親子のカップにいれたての紅茶を注いでくれる。

ミリエラはエリアスの皿にミルクを注ぎ、ジャムタルトをひとつ、載せてやる。

「はい、どうぞ」

それから、ジェラルドの前に、好物だという香辛料をきかせたクラッカーを滑らせる。それを見て、ジェラルドはますます目を丸くした。

「ありがとう、いただくよ――その前に、今日の主催者にお礼の品を」

「……いいの？」

受け取った包みを開いてみると、金の台座に透明の水晶をあしらった腕輪が出てきた。水晶が日の光をきらきらと反射していて美しい。

「……あれ、でも、これ」

ミリエラは気づいてしまった。この腕輪からは、ジェラルドのマナの気配を感じる。ということは、これは魔道具で、ただの腕輪ではないということだろうか。

「それは、君の身を守ってくれる腕輪だ。精霊王様が、側にいてくれるから必要ないとは思うが——精霊眼の持ち主となると、いろいろとややこしいことになるからね」

「ありがとう……ございます」

嬉しい。父の贈り物だ。思わず、頬が緩む。

ミリエラの精霊眼のことは、あの場にいた人以外誰にも言っていないはずなのに、どうして彼が知っているのだろう。エリアスが教えたのだろうか。

ミリエラの隣の椅子にちょこんと座り、おとなしくジャムタルトをもしゃもしゃとやっていたエリアスは、口回りについたジャムを丹念に舐めてから口を開いた。

「親には言うべきだと思ったからな。我が伝えておいた」

「もう、勝手なことをして」

ミリエラは、エリアスの額をポンと叩いた。それを見ていたジェラルドは、申し訳なさそうに首を横に振った。

「私は、ミリエラにはなにも……してやれなかった……」

「そんなこと、ないよ」

言ってしまって、いいだろうか。毎年、オーランドがふたつ贈ってくれる誕生日のプレゼント。そのうちひとつの贈り主がジェラルドであると気づいていることを。

「大切にするね――本当に、ありがとう……パパ」

でも、それを口にすることはできず、代わりに腕輪を抱きしめるようにして微笑んでみせる。ジェラルドが今まで贈り物の主だと名乗らなかったのだから、ミリエラから口にするべきじゃない。少なくとも、今は。

「――ああ」

その言葉に喜びの色が混ざっているように思うのは、ミリエラの希望的観測が過ぎるというものだろうか。

「それはともかく、これだけでは少しばかり寂しいな。余興を見せてやろう」

エリアスがそう言うと、周囲の空気がふわりと舞い上がった。

優しい風がふたりの周囲をくるくると回る。いや、くるくると回っているのは、風だけではなかった。

「きゃあっ」「楽しい？」「踊る！」ミリエラにわかるのは、精霊猫達の切れ切れの言葉だけ。

次に、薔薇から薔薇の精霊達が飛び出してきた。

エリアスの力を借りて、今だけは精霊の姿を見ることもできるジェラルドもぽかんとしてしまっている。

薔薇の精霊達の姿は、住まいとしている花の色によるのだろうか。

赤、ピンク、黄色に白——中には、黄色とピンクがグラデーションになっているドレスを身に着けている精霊もいる。

「キャアキャア」と賑やかな声をあげていた精霊達が、ぴたりと動きを止めた。

どこからか響いてくるのは、荘厳な音楽。

まるで、金色の光が舞い降りてくるような、そんな神々しささえ感じる音楽に合わせて——薔薇の精霊達がくるくると回る。そこに白猫の姿をした風の精霊達が加わる。

エリアスの起こした風の力を借りて、人間にはとても不可能な動きをして。薔薇の花弁が舞い散るのさえも、彼女達のダンスを引き立たせるためのものだった。

「すごい……いい香りがする、ね」

「薔薇の精霊の力だな。そなた達にダンスを見せることができて嬉しいと言っている」

薔薇の精霊達だけでは、満足できなくなったのだろうか。

日の光の中でちらちらと姿を見せていた光の精霊がそこに加わる。さらに、水から飛び出してきたのは、青い上着を身に着けた水の精霊達。

「パパ、見てる?」

「ああ」

精霊達も、父を歓迎してくれている。

少しは、喜んでくれただろうか。そっとジェラルドの方に目をやると、言葉とは裏腹に唇を引き結んだ険しい表情をしていた。

（……ごめんなさい、パパ。無理やりに呼び出してしまったりして）

今日、ここに来るまでにジェラルドはどれだけ悩んだのだろう。それを思うと、もう呼び出してはいけないのかもしれない。


父とのお茶会は、成功に終わったといっていいと思う。成功した理由は、主に精霊達の力によるものであったけれど、少なくとも会話をかわすことができた。

五日過ぎても、まだあの時の余韻が残っているような気がする。

（私を守るためにって言ってくれた）

ジェラルドから贈られた腕輪は、ミリエラの手首にぴったりだった。

どんな守りの効果があるのかは知らないけれど、父がミリエラのために作ってくれたのだというだけで十分だ。

（そう言えば……パパ、ずいぶん長いこと魔道具を作っていなかったんじゃ……）

グローヴァー侯爵家は、魔道具作りに長けている人間が多い、というのはニコラが教えてくれた。

魔道具を作るためには、魔石やそれ以外の素材にマナを流し込み、属性を持つよう変容させる必要がある。この工程を錬金術といい、この素材を用いて作った道具を魔道具という。

そして、侯爵家は代々錬金術に優れた人間が多いのだという。

父は、新たな魔道具の開発にもいそしんでいたそうだ。だが、母が亡くなった頃から魔道具を作るのをやめてしまった。

ミリエラのために、この腕輪を作ってくれたのが、久しぶりにジェラルドが腕を振るったということになる。

「ミリィ、庭に行かないか？」

今日の授業を終えたらしいカークが、部屋に飛び込んでくる。今日は、まだ、エリアスは呼び出していなかった。

エリアスを呼び出して、庭でマナを循環させる訓練をするのもいいかもしれない。

「エリアスも呼ぶ？」

「呼ぶ呼ぶ。あいついると面白いもんな！」

にかっと笑ったカークは、以前、エリアスに怯えて泣いていたことなどすっかり忘れているように見えるけれど、それは見せかけらしい。あの時、怯えてソファの後ろに隠れたのは、今でも彼の汚点なのだとか。

ミリエラを守るどころか、ミリエラに守られたとあとでこっそりニコラにささやいたそうだ。

（守ってくれるっていうその気持ちが嬉しいんだけどね）

とはいえ、ミリエラがそれを言ってしまっては、カークの心に新たな傷を作ることになりかねない。

こういうところで、いくぶん気を遣ってしまうのは、前世で大人だった名残なのかもしれなかった。

（パパ……うん、元気そうだったし。それさえ確認できればよかったんだ）

薔薇園でのお茶会で顔を合わせたジェラルドは、いくぶん痩せ気味ではあるものの、不健康そうには見えなかった。

母の死からまだ立ち直ることができず、世捨て人のような生活を送っているにしても、健康ならばそれでいい。少なくとも、もうしばらくの間は。

それにしても、と庭に飛び出していきそうなカークのあとを追いかけながら考える。最近、以前よりも年齢に見合った言動をすることが増えてきた気がする。

気のせいだろうか。それとも、ミリエラの中にいた誰かの記憶が、遠くに行こうとしているのだろうか。

「……ミリエラ様、お待ちになってください！」

カークを追いかけて庭に出ようとしたところで、慌てたニコラに呼び止められた。彼女が、こんなに焦っているのは珍しい。

「カーク、今日はひとりで遊びなさい。ミリエラ様は、御用ができたから」

「わかった。またな、ミリィ」

ミリエラを抱え上げたニコラは、そのままミリエラの部屋へと飛び込んだ。

そこに用意されていたのは、今まで見たことのないドレスだった。白いブラウスの上に、水色のワンピースを重ねる形だ。ブラウスの襟は、何枚ものレースで飾られている。

ワンピースもまた、装飾が多く動きにくそうなものだった。淡い水色のチュールのような布でできているスカートを何枚もふわふわと重ねてある。

そして、腰にも青いリボンを巻きつける。

レースでできたチョーカーを首につけ、頭には花飾りのついたカチューシャ。いつもはもっと簡素な服装をしているから、こんなに華美な装いをさせられたことに驚いた。

（なんだろ、急にお客さんが来ることになった、とか……？）

だが、生まれてから一度も、ミリエラのところに客人が来たことなんてない。いったい、どういうことなのだろう。

不安を覚えながら、再び急ぎ足で階段を下るニコラのあとについて行く。

「ねえ、ニコラ。なにがあったの？」

「ああ、私としたことが！」

ニコラはばちんと自分の額を叩いた。ミリエラはますます困惑する。彼女が、こんな姿を見せたことはなかったから。

「侯爵様が、ミリエラ様をお呼びなのです。すぐに本館に来るように、と」

「……え？」

今まで、本館を訪れたことは一度もなかった。声の届くところに近づかないよう、ニコラにも厳しく言い渡されていた。

それなのに、今になって父がミリエラを呼んでいるという。喉の奥に、なにかが引っかかったような気がして、足を止めてしまった。

（もし——もしも、よ）

ここから出て行けという話だったらどうしよう。ミリエラはもういらないから、どこかの養子になれとかいう話だったら。

「オーランド、ミリエラ様をお願い」

「わかった。失礼しますよ」

足を止めて固まってしまっていたら、オーランドがひょいとミリエラを抱え上げる。ミリエラは彼の肩にぎゅっとしがみついた。

急な呼び出しなんて、怖い。

一度も足を止めることなく大股に歩くオーランドは、その間ずっと口を閉じたままだった。

オーランドを先導するニコラはずんずん進み、あっという間に本館に到着してしまった。

ジェラルドは、本館の前に出て、ミリエラの到着を待っていた。

「オーランド、ニコラ——ミリエラを連れてきてくれてありがとう」

「お待たせいたしました、侯爵様」

オーランドにしがみついているミリエラを見ると、ジェラルドは困ったように笑った。

（なんで、こんな顔をするんだろう）

オーランドの腕の中にいるのが申し訳ないように思えてきて、彼の腕から滑り降りる。

「こんにちは、パパ。なにかご用？」

首を傾げ、問いかけた。ミリエラのその様子に、ジェラルドは唇を引き結んだ。

（……別に私に会いたかったわけではないんじゃ……）

ミリエラも唇を強く結んだ。なぜ、父はミリエラをここに呼び出したりしたのだろう。

「夕方には、別館に戻すよ」

「そのまま、本館にお連れになってもかまわないんですよ？」

「……そうだね、ニコラ。考えておこう」

オーランドの側を離れ、ジェラルドに近づく。

無表情のままミリエラを見ていたジェラルドは、手をズボンにこすりつけた。

それから、その手をミリエラの方に差し出す。どう対応したらいいのかなんて、迷う必要はなかった。

差し出された手に自分の手を重ねたら、壊れもののようにそっと握られる。

玄関ホールに入ると、背後で扉が閉ざされた。ホール内を見回したミリエラはショックを受けた。

(これ、本当に人が生活している空間なの……？)

ここは、侯爵家の本館だったはず。だが、玄関ホールに置かれている家具には、カバーがかけられていた。

例外は、郵便物がのせられるのであろうテーブルだけ。置かれている大きな時計も、時を刻んでいなかった。

一応掃除はされているのだろうが、何年も人が暮らしていない家のように見える。

「すまない。日頃は、使用人もほとんど入れないものだから――」

「ミリィなら、大丈夫」

こちらを向いて、そんな申し訳なさそうに笑わないでほしい。父の手をもう一度握りしめ、思い切って一歩踏み出した。

ジェラルドがミリエラを連れて行ったのは、ジェラルドの書斎――というか、仕事部屋と言えばいいのだろうか。書物や書類の他にも、様々な道具が置かれた部屋だった。

広い部屋の端には、仕事机。そして、大きなテーブル。向こう側の端には、ミリエラは見たこともない道具が並んでいて、作業台と思われる台もあった。

それから、衝立《ついたて》で区切られていて、ここからは中の様子をうかがうことのできない空間もある。

けれど、ミリエラの目はテーブルに釘づけだった。

「うわあ、ジャムタルトがある！」

テーブルには銀の茶器でお茶の支度がされている。好物のジャムタルトの他にはバナナケーキとクッキーが美しく盛りつけられていた。

「パパ――、ありがと！」

にっこりと笑うと、ジェラルドの口角が少しだけ上がったような気がした。ミリエラの好物が用意されているということは、歓迎されているということでいいのだろうか。

「普段は、この部屋と寝室くらいしか使わないんだ。それから、今日は、ミリエラに贈り物がある」

「でも、パパ。ミリィ、贈り物はこの間いただきました」

左手首を上げてみせる。そこには、先日贈られた腕輪がしっかりとはめられていた。

ミリエラを守るためのものだからずっと着けているべきだというのがニコラの主張だったし、ミリエラもそうしたいと思ったのだ。

「それも、贈り物だ。でも、他に渡したいものがあるんだ」

まずはお菓子でもつまみなさい、とテーブルに案内される。

父がお茶をいれる手際は慣れたものだった。

（もしかして、いつも自分でやっているのかな……？）

そう思ったのは、この屋敷があまりにも閑散としているからだった。

玄関ホールの家具に覆いをしてしまうなんて、普通では考えられない。よほど少人数しか屋敷に入れたくないのだろう。

それに、この本館で暮らしているのはジェラルドだけだ。使用人達はミリエラの暮らす別館から、本館に出勤している。

ジェラルドのいれてくれたお茶はちょっぴり濃すぎて苦かった。

子供の舌には刺激が強い。だが、せっかく父が用意してくれたお茶なのだ。文句なんて、口にできるはずがない。

「おいしー、です。パパ」

「そうか。それは、よかった」

だが、それきり会話が続かない。

それもそうだろう。生まれてから五年、どちらも相手と関わり合おうとしなかった。

相手のことをなにも知らないのだから、会話が成立するはずもない。先日はエリアスがいてくれたから、パパは間を持つことができたのだ。

「パパ、パパはこのクラッカーが好き、ですか？」

こういう場合、どちらかが会話の口火を切らねばならないのだ。香辛料の効いたクラッカーを取り上げ、たずねてみる。

好物だというのは料理人に聞いて知っていたけれど、会話の糸口を掴むためになにも知らないふりを装った。

「我が家の料理人、オリジナルのレシピだ」

「へぇ……うわあ、辛い！」

口にして、ピリリと効かされた香辛料の刺激に顔をしかめる。大人だったらおいしかったのだろうけれど、今のミリエラには刺激が強すぎた。

「……ここに」

ジェラルドが手を出してくれるのには、首を横に振る。一度口に入れたものを出すわけにはいかないではないか。

かじりかけの残りも口に入れてしまい、涙目になりながら飲み下す。そうして、ジャムタルトにかぶりついた。

「甘いー、おいしいー！」

「まだ、たくさんあるから食べなさい。食べきれなかった分は、持って帰ればいい」

こちらを見るジェラルドの目が、また優しくなった気がした。遠慮なくふたつ目のジャムタルトに手を伸ばす。

(こんなに食べたら、夕食入らなくなるだろうなー)

だが、せっかくの父の招待だ。そう言い訳をして、もぐもぐと食べてしまう。

三つ目に手を伸ばしかけたところで、不意にジェラルドが立ち上がった。

「お腹はいっぱいになったか?」

「う、うん……」

食べ終えたミリエラについて来るように言うと、ジェラルドは部屋の奥へと移動する。先ほど気にしていた、衝立に区切られた場所だ。

衝立をくるりと回ると、出窓に向かって座り心地のよさそうなソファがひとつあるだけ。あとは、出窓にはなにやら木箱のようなものが置かれていた。

「そこに、座りなさい」

「……はい」

ひとつだけ置かれているソファによじ登る。そのソファに落ち着くと、自然と視線は窓の方を向くことになった。

(庭園の景色を眺めなさいってことなのかな……?)

そう思っていたら、ジェラルドはしゃっと音を立ててカーテンを閉めてしまう。そして、出窓に置かれていた箱を取り上げた。

(あ、オルゴール!)

ねじを巻き、蓋を開くと、オルゴール特有の澄んだ落ちつく音色が流れてくる。だが、それだけではなかった。

「パ、パパ……？」

オルゴールから伸びた光が、空中に描き出したのは。今よりいくぶん若い頃のジェラルドだった。

「ジェラルド、なぁに？　どうして、こんなところに私を呼び出したの？」

そして、ミリエラの見たことのない若い女性。十代後半か二十代前半というところだろうか。ミリエラと同じ色の髪、同じ色の瞳。幸福そうな微笑みを浮かべ、彼女はこちらに手を差し出している。

（……これって）

本能的に悟ってしまった。彼女は、母だ。

「……ママ？」

「ああ。アウレリアだ――これは、結婚前のものだな」

なんてことだろう。母の姿が見える。声を聞くことができる。

会えないとわかっていたからこそ、母について問うのは避けてきた。

ミリエラが知っているのは、ニコラとは子供の頃からの親友だったこと。父とも幼馴染だったこと。

想い想われて侯爵家に嫁ぎ――そして、亡くなったということぐらい。

「君は、アウレリアを見たことがないだろう。このオルゴールは君にあげる。だから――」

けれど、ミリエラはジェラルドの言葉を途中で遮った。

「パパも。パパも一緒にここに座って見ましょう……ね？」

思いがけない言葉だったのか、ジェラルドは一瞬固まった。

だが、こわごわとミリエラを抱き上げると、ひとつのソファをふたりで分け合うように腰を下ろす。

音楽に重なるように流れてくる若い頃の両親の声。

背中を預けた父の身体の温かさ。ミリエラの身体に回された腕に込められた力。

「……パパ？　ママを、見ないの？」

ふと気がつくと、ジェラルドの様子がおかしい。ミリエラは手を伸ばして、彼の頬に触れた。

濡れている――もしや、これは。

「パパ、泣いてる」

「――そうだね。懐かしくて、懐かしくて――それに、恋しくてしかたがないんだ」

「ママが？」

「……そうだよ」

そう聞いてしまえば、胸が締めつけられるような痛みを訴えてくる。

この人は、こんなにも母を愛していた。母の命を奪ったミリエラを、側に置いておきたくないほどに。

だが、ミリエラはそれ以上なにも言わなかった。ジェラルドの膝の上で向きを変え、彼の身体に腕を回す。

「ねえ、パパ。まだ、ミリィがいるよ？」

手を伸ばし、髪を撫で、そして濡れた頬に自分の頬を寄せる。

（パパ、パパはひとりじゃないよ）

ミリエラは心の中でささやく。母のように愛してほしいとは言わない——だから、この世のすべてを諦めないで。

「……あっ」

けれど、無情にもオルゴールの音は途切れてしまった。そして、空中に浮かんでいた映像もぷつりと消えてしまう。

「壊れてしまったようだ。このオルゴールも、古い品だから」

立ち上がったジェラルドは、そっとオルゴールを手に取る。蓋を閉じると、何度も何度も愛おしそうにそれを撫でる。

「……壊れちゃって、残念だね。パパ」

ジェラルドが大きな衝撃を受けたように見えて、こちらから手を伸ばす。そっと抱きしめたら、抱きしめ返された。

＊＊＊

「――パパ？」

そう呼ぶ子供の声は鮮烈で。ジェラルドの心を抉《えぐ》った。

心の底に封じ込めようとしてきた記憶が、その声で呼び戻されてしまう。

（……どうして、私、を――）

あの娘は、どうして自分のことを迷うことなく父と呼べるのだろう。

側にいたら、きっと遠くない未来、彼女に不幸をもたらしてしまうのに。

「……おい、そこの若いの」

二十六ともなれば、そこまで若くはないのだが。

そもそも、この屋敷にジェラルドのことを、そんなぞんざいに呼ぶ者はいない。

けれど、声の方に目をやれば、どこから入って来たのか、床の上にきちんと白い足を揃えて座っているのは巨大な猫だった。

「どなたでしょうか……？」

目の前に存在する白い猫がなんなのか、本当のところはわからない。

だが、身体全体がマナでできているのだろうという圧倒的な存在感。白い猫は、ふふんと顎をそらし、パタパタと尾を振った。

「我は風の精霊王エリアス。膝をつけ、そして我をあがめろ」

「精霊王様？」

日頃は精霊界で暮らしている精霊は、人間と契約した時だけこちらの世界に姿を見せることができる。今、目の前にいる精霊も誰かと契約しているのだろう。

ふわふわとした尾を振り、精霊王はテーブルに置かれていた封筒をジェラルドの前に落とす。先ほど受け取ったが、開く気になれずテーブルに置きっぱなしだったミリエラからの招待状だ。

「我が契約者が、そなたを茶会に招待したいと言っている。断ることは許さないぞ」

「——ですが！」

精霊王は理解していないのだろうか。

自分が側に行ったら、彼の契約者もまた無事ではすまないのだと。身近に死を見るのはもうたくさんだ。

せめて、娘だけは自分よりも長く生きてほしい。子供が先に逝くところなんて見たくない。

だが、ジェラルドの悲痛な思いを、精霊王ははん、と鼻で笑い飛ばした。

「人間よ、そなたのそれは、くだらない思い込みだぞ。我が契約者は、精霊のいとし子。我と強く結ばれた者。そなたにたとえ死神が憑りついていようが、天命ではない時期に彼女が連れていかれることはない」

「精霊のいとし子……？」

その言葉にも、聞き覚えがあった。ごく古い文献で語られる存在。精霊達に愛される特別な存在。

「そう、ミリエラは、我ら精霊と近い魂を持つ者だ。ま、そなたがミリエラと関わりたくないというのであれば、我も一度しか言わん――娘に会ってやれ」

そう言うなり、精霊王は身を翻す。宙にとけるように姿を消した彼が残していった封筒に書かれているのは、「パパへ」という宛名。幼子らしい、頼りない筆跡だ。

――行きたい。けれど。今まで遠ざけてきた娘に、今さらどんな顔を見せればいい？

迷いながらも、五年もの間封じていた錬金術の道具を手に取る。精霊王が会えと言うのならば。

（精霊に守られている君には、必要のないものかもしれないけれど――）

今まで、遠ざけてきた分。少しでも、ミリエラになにかを与えたかった。自分の不幸に巻き込まないですむような何かを。

アウレリアが逝ってしまってから、一度も取り出したことのない錬金術の道具。五年ぶりに魔石を買い求める。娘のために守りの腕輪を作ろう。

（――腕輪に加工するのは、出入りのあの職人に頼もうか）

アウレリアが存命だった頃、彼女のためにいくつものアクセサリーを誂《あつら》えた。その職人に、子供用の守り腕輪を注文する。

準備はしたものの、約束の時間になってもまだ迷っていた。

結局、迷いに迷って、三十分も遅刻してしまった。どうしても、ミリエラの顔を正面から見ることができなかった。

だが、精霊王が力を貸してくれる。娘の目には、世界がこんな風に見えているのかと驚いた。どこからか聞こえる音楽。風に乗ってくるくると舞う精霊達――そして。

こちらに向けて満面の笑みを向ける愛しい子供。

触れてしまえば壊してしまいそうで。それでも――手を伸ばさずにはいられなかった。今まで、五年もの間近寄らないようにしてきたというのに。

その日はずっと、ミリエラはジェラルドから離れようとはしなかった。


（ミリエラに、アウレリアの姿を見せてやろう）

そう決めたのは、薔薇園での茶会から三日ほどが過ぎた日のことだった。

あれからもずっと考え込んでいた。

果たして、自分の行動は正解だったのか――と。

だが、ミリエラはアウレリアの姿を知らない。ここには、在りし日のアウレリアの姿を記録したものがたくさんあるというのに。

折りに触れて見返すそれは、出会った頃からのアウレリアの姿を残したもの。

『ねえ、私達の間に生まれる子供が娘だったなら――ミリエラと名づけましょうよ。私達からの、最初の贈り物よ』

名前は、親が子供に贈る最初のプレゼント。ふたりの好きな花の名。そして、花言葉は、ジェラルドが一番必要とするもの。娘に与えたいものであった。

けれど、アウレリアはミリエラの名を呼ぶことなく逝ってしまった。

そして、五年もの間、使用人さえ通さなかったこの部屋にミリエラを呼び入れた。

ニコラが言っていたミリエラの好きなジャムタルト。イチゴのジャムとプラムのジャムの二種類。そして、紅茶はみずからの手でいれる。

――アウレリアの姿を見せたら、この娘はどんな感想を口にするのだろう。

ミリエラは、ジェラルドが知っている子供達より、いくぶん大人びているようだ。その分、自分がうかつな言動をして、彼女の心に傷をつけるようなことになるのが怖い。

『ねえ、私達の子供は、どんな大人になるのかしら？　私とあなたみたいに、素敵な恋をしたらいいわね』

大きくなったお腹を押さえながら、こちらを向いているアウレリアが笑う。それから映し出されるのは、もう少し若い頃。

『ジェラルド、仕事ばかりしていないで私もかまってよ。今日はピクニックの約束でしょう？』

『そんな約束はしていない』

『嘘、今日はピクニックに付き合ってくれるって言ってました！』

新しい魔道具の開発を言い訳に引きこもる自分を、外の世界に引っ張り出すのはいつでもアウレリアだった。

家族を失い、誰も寄りつかなくなったこの屋敷。遠ざけてきたのはジェラルド自身だったけれど、そんな中いつまでもいつまでもこの屋敷を見捨てなかったのは、アウレリアだった。

勇気を振り絞り、結婚してほしいと言った時のこと。初めての妊娠に、ふたり揃って歓声をあげたこと。

いつの間にか、膝の上に座り込んでいるミリエラの身体を強く、強く抱きしめる。

「……パパ？　ママを、見ないの？」

首を捻《ね》じ曲げてこちらを見上げているミリエラは、不思議そうな顔をしていた。小さな手が伸びてきて、頬に触れる。

「パパ、泣いてる」

「――そうだね。懐かしくて、懐かしくて――それに、恋しくてしかたがないんだ」

「ママが？」

「……そうだよ」

こんな幼い子供に、なにを言っているのだろう。

けれど、ミリエラはそれ以上なにも言わなかった。ジェラルドの膝の上で向きを変え、ぎゅっと抱きしめてくる。

「ねえ、パパ。まだ、ミリィがいるよ？」

小さな手が髪を撫で、濡れた頬に柔らかな頬が触れる。

娘に抱きしめられているというのに、まるで母か姉に抱かれているような安心感を覚えた。

「……あっ」

不意に静かに流れていた音楽が止まる。

見上げると、そこに映し出されていたアウレリアの姿も失われていた。

「壊れてしまったようだ。このオルゴールも、古い品だから」

彼女がいなくなってからずっと、このオルゴールに支えられてきた。一日たりとも、このオルゴールを開かなかったことはない。オルゴールの蓋を閉め、何度も何度も繰り返し撫でる。

「……壊れちゃって、残念だね。パパ」

ミリエラの方から、手を伸ばして来る。そっと抱きしめると、小さな手が懸命にしがみついてきた。ようやく見ることのできた母の姿が失われて、こんなにも彼女も動揺している。

修理用の部品は、すぐに取り寄せなくてはならない。

第三章　パパ、錬金術って楽しいですね！

（あれは、重症だわ……！）

ジェラルドの仕事部屋に招かれた翌日。ミリエラはうんうん考え込んでいた。

思っていた以上に重症だった。今でも彼の時間は止まっているらしい。

思わず抱きしめて背中をポンポンと叩いたけれど、そんなことくらいではきっとジェラルドの悲しみを癒やすことはできない。

（それより、オルゴールが壊れてしまった方が心配よね）

壊れたオルゴールを茫然と見ていたジェラルドのことが心配だ。すっかり寂れ果てていた本館の様子も。

（本館に客人すら入れてないみたいだし……やっぱり、心の傷は深いんだろうな）

本館に招待された時、玄関ホールの家具もまたカバーがかけられていた。客人が来ることがあるならば、玄関ホールくらいは綺麗にしているはずだ。

（でも、きっと、寂しいと思うのよ……本館は、時が止まってしまったみたいだった）

ニコラやオーランドから聞いた話によれば、ジェラルドはまだ二十六歳。

閉じ籠もるには若すぎる。いや、前世の感覚から言えば、まだいくらでも未来を切り開ける年齢でもあるわけだ。

だからと言って、ミリエラの方から彼の心の中にずかずか踏み込むわけにもいかないし——と、ぐるぐる考え込んでしまう。

（ニコラに頼んで、また、お茶に呼ぶくらいかなぁ……それとも、ご飯にしてもらおうかなぁ……）

ミリエラとふたりきりではなく、信頼できる幼馴染達が一緒ならば、ふたりで過ごすよりももう少し気が楽になるのではないだろうか。

（でも……会えて、嬉しかった）

両手を広げて、見つめてみる。昨日、この手で父を抱きしめた。

母のオルゴールは壊れてしまったけれど、両親がどれだけ愛し合っていたのか。見せてもらった記録からでもよくわかった。

愛し合っているふたりから生まれた。それを改めて知ることができて、本当によかった。

——けれど、父は、ジェラルドはまだ生きている。

過去に自分を葬る必要なんてない。母のことを忘れなくても、未来を夢見ることはできるはずだ。

（……となれば、作戦会議よね！）

もう少ししたら、カークが遊びに来る時間だ。

エリアスを呼び出して、マナ制御の訓練をして。それから、ジェラルドともっと仲良くなるにはどうしたらいいか、エリアスやカークにも力を貸してもらって考えよう。

ジェラルドのペースに合わせるのは必須だけれど、あのまま不幸のどん底に沈み込ませておくわけにはいかない。

エリアスやカークに知恵を借りるために、ある程度自分でも先に考えをまとめておこう。絵を描くためのスケッチブックを、引き出しから取り出す。

「もう、嫌になっちゃうなぁ！」

鉛筆を握って書こうとしても、子供の手では上手に書くことができない。もっと早く、もっと綺麗に書ければいいのに。

スケッチブックの白いページを開き、「パパと仲良くなるぞ」と書いた時だった。玄関ホールのあたりが騒がしくなった。

いったい、なにがあったというのだろうか。

「——エリアス、出てきて」

名前を呼べば、精霊王が姿を見せる。

エリアスは今日も、真っ白な毛並みが美しかった。とん、とミリエラの前に立ったエリアスは、首を傾けて問いかける。

「どうした？」

「下が、騒がしいの。ミリィ、出て行っても大丈夫かな？」

勝手に出て行って、ニコラ達に迷惑をかけるようなことになったら困る。問題はなさそうだが、と言いながらも、エリアスが階下の様子をうかがいに行きかけた時のことだった。

扉の向こうから、ニコラの声がする。誰かと話をしているようだ。

「ミリエラ様は、こちらのお部屋です」

「ありがとう、ニコラ」

今の声は、ジェラルドのものではないだろうか。扉が開かれ、ミリエラは目を向ける。

「――パパ？」

そこに立っていたのは、予想の通りジェラルドだった。彼の銀髪が、黒い上着に映えている。けれど、ジェラルドはそこに立ち尽くしたきり、扉から中に入ろうとはしなかった。いったい、どうしてしまったというのだろうか。

しかたがないので、ミリエラの方からジェラルドに近づく。

「パパ、どうしたの？　お腹痛い？」

そうたずねたのは、ジェラルドが胃のあたりを押さえていたからだ。手を伸ばしたミリエラは、胃を押さえている父の手に自分の手を重ねた。

「そうだね――ミリエラ。少し、ここが痛いかな」

そうつぶやいて、困ったように笑う。

「大変！　それなら、お医者様を呼ばなくちゃ！　それから――パパ、ここに座って？」

ミリエラの部屋にも、大人が座ることのできるソファが用意されている。

ジェラルドの手を引っ張り、そこに座らせる間も、彼の手は胃のあたりを押さえたまま。

「パパ、待ってて。ニコラを呼んで――」

「いいんだ、ミリエラ――ええと、少し、話ができないかな」

そう告げるジェラルドの声は、どこか怯えの色をはらんでいる。ミリエラと話をするのに、どうして怯える必要があるのだろう。

「うん。いいよ。なにをお話する？」

ジェラルドの前に立ち、両手を後ろで組んで彼の顔を見上げた。

こわごわと伸ばされたジェラルドの手が、ミリエラの髪を撫でる。その手が大きくて優しくて嬉しくて、ミリエラからも彼の手に頭を擦りつけるようにした。

「別館にいるのは知っていたのに……私は会いに来ることもなかった」

「大丈夫だよ、パパ。ミリィ、大切にされてるもの」

ニコラ家族が、ミリエラを大切にしていないと心配しているのだろうか。そんな心配はしなくてもいい。ミリエラは、乳母一家にも愛されている。

「そうじゃなくて――ああ、今さら、なんだが」

胃のあたりに当てられている手が、きゅっと拳の形になった。身体にも力が入っている。

そんな父の様子にどうしたらいいのかわからず、援護を求めてエリアスの方に目をやったら――。

（寝てるし！）

精霊であるエリアスは睡眠をとる必要はないのだが、睡眠をとることによってマナの消費を抑えられると前に言っていた。

エリアスがああやって眠りについてしまっているということは、不安を覚える必要はないのだろう。

「……ミリエラ、本当に、今さら、で」

「パパ、どうしたの？　汗、かいてる」

ハンカチを取り出し、背伸びしてジェラルドの額を押さえてやる。苦笑したジェラルドは、大きく息をついた。

青い瞳が、正面から見つめ返してくる。

「大丈夫だ、その――だね。私と一緒に暮らすのはどう、かな……？」

「パパと？」

その言葉に、思わず目を丸くしてしまった。

ジェラルドと一緒に暮らすのはたしかに憧れだった。

だが、今までそう口にしたことはなかった。彼の心の傷に触れてはいけないと思っていたのに、どうしてこんな申し出をしてきたのだろう。

「いや、今さらだな、わかっている……それは、わかっているんだ。でも」

「……でも？」

途中で半端に言葉を切るから、ミリエラの方も気になってしまう。ジェラルドは、なにを考えているのかよくわからない表情でこちらを見つめていた。

「私が、ミリエラをニコラ達に預けたのは――グローヴァー侯爵家が、いや、私が呪われていると思っていたからだ」

ミリエラにもわかりやすいように言葉を選びながらも、ジェラルドはひとつひとつ説明する。幼い頃の強盗事件をはじめとし、後見人が何人も不幸に見舞われたこと。そして、ついにはミリエラの出産時に母が命を落としたこと。

「最初はなぜ、アウレリアが命を落とさなければならないのだろうと思った。それから、一瞬、ほんの一瞬だが――君が生まれなければとも思った――父親として、失格だな」

「そんなことないよ」

もし、ミリエラが同じ立場に立たされたら、同じように考えるかもしれない。自分の一番大切な存在が奪われたとしたら。その原因を恨まずにはいられないだろう。

「だが、私の側にいたら不幸になるのではないかとも思ったんだ――私には、死が憑《よ》りついている。これだけ不幸が続くのは、その証拠だ」

馬鹿馬鹿しいと、笑い飛ばすことはできなかった。ジェラルドの顔には苦悩の色が浮かんでいたから。

「――精霊王様が、君は大丈夫だと言ってくれたんだ。今さら、虫のいい話なのはわかっている。それでも……」

自分は不幸を呼ぶからと、周囲の人、皆を遠ざけてきた父。

その父がこうしてミリエラに会いに来て、一緒に暮らそうと誘ってくれる。これで、十分ではないだろうか。

「ニコラとオーランドとカークも一緒？」

彼女達は別館に残るという話だったら、どうしよう。ジェラルドと暮らせるのは嬉しいけれど、乳母家族と別れるのは嫌だ。

「もちろん、ニコラ達にも一緒に来てもらおう。ミリエラのことについては、彼女達の方が詳しい――彼女達には、教わらないといけないことがたくさんあるな」

ミリエラが提案を受け入れたことに、ジェラルドは大きく息をついた。

ここに来るのに、どれだけの勇気を必要としたのだろう。愛おしさが溢れそうになり、ミリエラはジェラルドに両手を広げてねだる。

「――パパ、抱っこ」

身体に回されたジェラルドの腕は、とても温かかった。

くすん、と鼻を鳴らす音がして、そちらに目を向ける。寝ているはずのエリアスが、目元を前足でぬぐって視線を逸らすところだった。

ニコラ達とも相談し、三日後に本館に戻ることになった。

長い間、ジェラルドが使う場所しか掃除をしていなかったので、本館全体の大掃除が必要だったのである。

「お引越し、お引越し！」

ミリエラがせっせとつめているのは、今までの誕生日にジェラルドから贈られた品だった。オーランドがふたつプレゼントをくれたのは、ひとつは父からだったということを、本当は気づいていた。折を見て、その話もしてやろうと思う。

宿泊するような客人を次にいつ招くのか予定など立っていないが、別館の方は、今後は客人の宿泊場所として使われるらしい。

今まで別館から本館に通っていた使用人達も、本館の使用人部屋に戻ることになった。引っ越しもまた、丸一日かかる大仕事である。

ミリエラを迎えに来たジェラルドは、両手を広げて抱き上げてほしいとねだる前にミリエラを抱き上げた。

（……ふふ、幸せ）

ミリエラは、父の首に両手を回してしがみつく。オーランドに抱き上げてもらったこともあるけれど、やはり父親に抱き上げてもらうのは別格だ。

ミリエラを軽々と抱き上げたままジェラルドは、庭園をつっきり、本館へと入った。

「綺麗になったね、パパ！」

前に訪れた時は、玄関ホールも薄暗かった。家具にはカバーがかけられ、しんと静まり返っていた。だが、今は見違えるように明るさを取り戻している。

正面にあるのは、赤い絨毯の敷かれた階段だ。絨毯もまた、綺麗に洗われたようだった。

前回は、どこかくすんだように見えていたのが、今は鮮やかさを取り戻し、模様もくっきりと浮かび上がっている。

あの時は止まったまま時を刻むことのなかった大きな時計も、振り子を右に左に揺らし、チク、タク、と規則正しい音を繰り返していた。

ミリエラを抱えたまま、危なげなくジェラルドは階段を上る。そして、右に廊下を曲がった。

「ミリエラ、ここが君の部屋だよ。隣が、私の部屋だ」

父の腕から下ろされたミリエラが、背伸びをしてドアノブを回すと、扉はスムーズに開いた。

扉を開き、中に入ったところでミリエラは立ち止まった。

広々とした日当たりのいい部屋には、溢れんばかりにおもちゃが用意されている。

（私は、これにはあんまり興味ないんだけど……でも、嬉しい）

中身は人形遊びをする年齢ではないが、可愛らしいぬいぐるみや人形が並んでいるのを見るとちょっとわくわくしてしまう。前世では、こういったものには関心がなかったはずなのに。

それから、たくさんの絵本に、初歩的な魔術の本。カーテンもカーペットもベッドの寝具もピンク一色でまとめられていて、たいそう可愛らしい部屋だった。

「気に入ってくれたかな……？」

「うん、もっちろん！」

こわごわと問われるから、思いきりいい笑顔を作ってジェラルドを見上げる。安堵したように、ジェラルドの肩から力が抜けたのがわかった。

彼はあいかわらず、ミリエラに対して少しばかり距離を感じているらしい。

「うふふ、今日はこの子達と一緒に寝るね」

以前贈られたぬいぐるみを棚から取り、枕の横にちょこんと座らせる。新しいぬいぐるみも嬉しいが、前に父から贈られたぬいぐるみに愛着がある。

「パパ、カークのお部屋はどこ？」

「それは、一階上だよ。三階は、オーランド達の部屋にした」

本来侯爵家では、騎士は敷地内の寮で、それ以外の使用人達は使用人部屋で生活すると決められている。騎士が結婚している場合は、家族用の寮が与えられる。もし、使用人と騎士が結婚した場合には、そこから通うのが今までの例だった。

だが、ニコラ達、マウアー一家は、ただの使用人ではない。

母にとっては親友であったニコラは、父にとっても幼馴染のようなものだろう――母と一緒にしばしば、この屋敷を訪れていたというから。

そして、オーランドも父の乳兄弟であり、父にとって単なる使用人という枠を超えた存在らしい。

それに、ミリエラが生まれてからの五年間、育ての親として面倒を見てきたのが彼らだ。

今後もニコラは母のいないミリエラの母代わりを務めることにもなる。親戚に準じる扱いとして、三階を丸々マウアー家に使ってもらうことになったそうだ。

三階は今まで客人を泊めるための部屋だったのだが、今後客人は別館に宿泊してもらうことになったのにはそんな事情もある。

客用寝室を大急ぎで改装して新たにもうけられたのは、夫婦の寝室に、カークの寝室。もう一室は、ミリエラとカークが共同で使う勉強部屋となった。

四階、五階が使用人の部屋となる。

「パパ、カークの部屋を見に行きたい」

「行ってみるかい？」

父の手を引き、階段を三階に上る。

階段を上がって一番手前が勉強部屋、その隣がカークの部屋だ。さらに奥に夫婦の寝室という配置になる。

「ミリィ、見てみろ、すっごいんだぞ！」

カークの部屋の扉を開いたら、いきなり剣を見せびらかされた。

カークの部屋には、男の子が好みそうな物語の本がたくさん。それに、子供用の剣が用意されていたそうだ。

カークがことのほか喜んだのがこの剣で、鞘《さや》ごとぶんぶん振り回している。

駆けつけてきたオーランドは、カークの頭にげんこつを落とした。ごつんとそれはもういい音がして、カークは頭を抱え込んだ。

「まったく、お前というやつは！　剣はそうやって使うもんじゃない！」

「痛い、痛いよ！」

「剣は危ないものなんだぞ！　ふざけるな！」

オーランドは本気で怒っている。彼は素早くカークの手から剣を取り上げた。

「オーランド、そのあたりにしてやってくれないか。剣を贈ったのは、私なんだから。使い方については、これから学べばいいだろう」

剣を贈ったジェラルドは、責任を感じているらしい。慌ててふたりの間に割って入った。

「ジェラルド様、カークをあまり甘やかさないでください。剣は、俺としても嬉しいですが」

「わかった。カーク、オーランドの言うことをしっかり聞いてよく学びなさい」

「はい、侯爵様」

カークはいい返事をし、その様子を見たミリエラは、大いに満足した。

――とりあえず、今のところは。

できれば、ジェラルドには、過去だけではなく未来も見てほしい。

こうやって、彼のことを案じている人はたくさんいるのだし、彼の人生は、墓場にしてしまうにはまだまだ先がある。今はまだようやく一歩を踏み出したところだ。


こうしてミリエラの新しい生活が始まり、ミリエラはその生活に満足していた。

基本的なスケジュールは、別館で暮らしていた頃とさほど大きな違いはない。

朝は、いつも同じ時間にニコラに起こされ、食堂に行って朝食だ。ジェラルドとミリエラだけではなく、マウアー一家も加わる。

午前中は、他の予定がなければ、勉強時間にあてられる。家庭教師との勉強を終えたのち、勉強部屋に運ばれてくる昼食は、ニコラとカークの三人で。

軽く昼寝をしたあとは、おやつを食べて自由時間。夕食もまた、マウアー一家と五人で食べる。

「使用人の手が足りませんね」

本館に戻って三日目の朝、朝食の片づけをしながらそうぼやいたのはニコラだった。

「すまないね、ニコラ」

ジェラルドは申し訳なさそうに、眉を下げる。

顔立ちは整っているし、母と一緒に映っていた若い頃の記録画像も、なかなかの美形だと思うのだが、不幸を背負い込んでいたせいか、どうにもこうにも気弱な表情を見せることが多い。

「私のせいで、通いの者も来たがらないからね。元々残っていた使用人は、父の代から私の面倒をみてくれていた者ばかりだし」

マウアー一家の他、執事に、厨房の料理人、それから庭師と下働きのメイドの四人が住み込みだ。皆ものすごい年配だと思っていたら、祖父の代からの使用人なのだそうだ。

侯爵家の護衛騎士団には、若い人もいるけれど、彼らがこちらに来ることはめったにない。とはいえ、ミリエラとマウアー一家が本館に戻ってきた分、使用人の数も増やした方がよさそうだ。

「……それは追い追い考えるとして。ミリエラ、今日は、家庭教師はお休みの日だっただろう。仕事部屋に来るか?」

「仕事部屋?」

「そう、この間お茶を飲んだ部屋だ」

先日招かれたあの部屋には、いろいろと面白そうなものが置かれていた。また、あの部屋に招いてもらえるならぜひ行きたいところだ。

だが、そこに異を唱えた者がいた。カークである。

「ミリィだけじゃダメだ。俺も行く！」

ミリエラを守るように、カークは前に立ちふさがった。

「ミリィが怪我をしたら困る。だから、俺も一緒に行く」

「カーク、ミリィ大丈夫だよ？」

「錬金術は危険がいっぱいだって父上が言ってた！」

一流の錬金術師だという父と一緒に作業部屋に行くのに、なにを心配する必要があるのだろうか。ミリエラが、カークをたしなめようとした時、オーランドが一歩、前に出た。

「カーク！」

「父上、ダメだ！　俺も一緒に行かないと！」

ミリエラを、ジェラルドの目から隠すようにしながらカークは叫んだ。ミリエラの方に手を差し出していたジェラルドは、少し困ったような表情になる。

「……そうだな」

やがてそうつぶやいた声は、とても寂し気なものだった。だが、すぐに彼は口角を上げ、柔らかな笑みを浮かべた。

「君が私を信用できないのもわかるよ。カーク――それなら、君も一緒に来るか？」

「当然だ！」

「ジェラルド様、申し訳ありません……！　カーク、お前あとで」

「オーランド、カークを叱らないでくれ。悪いのは私だ」

父に向かってオーランドは頭を下げる。だが、父はそんなオーランドの肩に手を置いた。なにも気にしなくていいと言っているかのように。

「ミリエラを、大切にしてくれているのがよくわかる――感謝するよ、オーランド。君達がいてくれなかったら、今、こうしてミリエラと一緒に過ごすことはできなかっただろう」

カークにげんこつを落とそうとしていた手を止め、オーランドは肩に置かれた父の手を取る。その手をぎゅっと握りしめてから、オーランドは再び深々と頭を下げた。

「パパ、行こう」

ミリエラは手を繋ごうと合図したけれど、その手を取ったのはカークだった。

「ほら、行くぞ」

思っていたのとちょっと違う。だが、カークはミリエラを引きずるようにして、父の仕事部屋へと足を踏み入れた。

「すげぇ！」

仕事部屋に入ったカークの口からは、素直な感嘆の声が漏れた。

ここに来るのは二度目だが、ここにはミリエラ以外の子供も面白いと思うようなものが、たくさんあるのだろうか。

「ほら、すげぇ！　これ、ジャイアントオークの魔石だろ？　こっちは、キリングアントの魔石！　すげぇ！　こんなでかいの見たことない！」

カークは、魔石を見ただけで、どんな魔物の魔石なのかすぐにわかるらしく大興奮である。

ミリエラはまったくわからないので、その点は感心した。

「カークは、魔石を見ただけでわかるんだね。では、今ある中で一番貴重な魔石を見せてあげようか」

そんなカークの前に、ジェラルドは戸棚から大きな魔石を取り出した。赤く輝くその魔石は、テーブルの上に置かれている魔石の十倍近い大きさがある。

「すげぇ！　なんだよ、これ。ものすごくでかい――これだけ大きいってことは、まさかドラゴン？」

「正解。それは、ドラゴンの中でも五百年生きたドラゴンのものだね。とても貴重な品なんだ」

ジェラルドを警戒していたカークの目は丸くなり、口はぽかんと開いていた。すごいすごいと言いながら、ジェラルドの差し出した魔石をぺたぺたと叩いている。

「侯爵様、これどうしたんだ？　侯爵様がやっつけたのか？」

「そうだったらいいんだけど、さすがに私はそこまで強くない。知り合いに譲ってもらったんだ」

「へぇ……！　すっげぇな！　これかっこいいな！」

すっかりジェラルドとカークの話が弾み、ミリエラは取り残されてしまった。

（でも、いい兆候よね）

つい先ほどまでジェラルドのことをあれだけ警戒していたカークが、あっという間に警戒心を解いてしまった。いい兆候だと思う。

にこにこしながらその様子を眺めていたら、ジェラルドははっとした様子でこちらを振り返った。

「ああ、すまない。ミリエラ——今日は、君と一緒に、オルゴールを直そうと思うんだ」

「あのオルゴール？」

「そう。やっと、素材を用意することができたんだ。見てみるか？」

「うん！」

娘のことも忘れていなかったようで一安心だ。

ジェラルドはふたりのために椅子を用意してくれた。

「ふたりとも、勝手に手を出してはいけないよ。私がついていても、危ないのは変わりがないのだからね」

テーブルの上には、いろいろな器具が並んでいる。そして、父の前には、大きな釜のようなものがあった。

「パパ、これはなぁに？」

「それは、錬金釜だ。今日は、これを使う。そして、これはセイレーンの魔石に風の属性を持たせたものだ」

セイレーンとは、海に暮らす魔物だ。

女性の歌声に似た声を響かせては、船乗りを操り、船を沈めるという伝説がある。そのセイレーンの魔石を手にしたジェラルドは、錬金釜を火にかけた。

釜の中に入っている液体がぐらぐらと沸き立ち始める。その中に、そっとセイレーンの魔石を沈めた。

「おおおおおおお！」

ミリエラとカーク、ふたりの子供の驚愕の声が綺麗に揃う。釜に沈められた魔石は、ゆっくりと溶けていき、それと共に赤い光が立ち上ったのだ。

「ここに、マナを流して、溶液と魔石をよく混ぜるんだ。見ていてごらん？」

ジェラルドは、釜の上に手をかざす。そして、マナを釜に流し込み始めた。

（……パパ、銀色）

銀色のふわふわとしたものが、ジェラルドの周囲に浮かぶ。それは大きく広がったり、小さくまとまったりしながら漂っていた。

やがてその銀色は、ジェラルドの右手に集まっていき、釜へと注がれていく。釜もまた銀に輝いていた。

「パパ、銀色のふわふわ、綺麗ね？」

うっとりとその様子を見つめながらつぶやいたら、ジェラルドははっとしたようにこちらを一瞬振り返った。だが、首を振って、再び釜の方に集中し始めた。

「さて、これで完成——少し冷めるまで待とう。その間に、お茶を飲もうか」

先日、この仕事部屋を訪れた時のように、ジェラルド自らお茶の用意をしてくれる。

今日もまた、ミリエラの好物であるジャムタルトが用意されていた。それから、チョコレートケーキも。

「——にっが！　侯爵様、これ、苦いよ！」

子供というものは、実に正直である。ジェラルドの用意したお茶が苦いと、カークは口を尖らせた。

「……そうかな？」

ジェラルドは、今自分のいれたお茶のカップを口に運び、首を傾げている。子供の舌には苦いけれど、大人の舌にはちょうどいいということなのかも。

「カーク、ミルク入れたらいいよ。あと、お砂糖も」

「……そうする。侯爵様は、お茶をいれるのが下手なんだな！」

「カーク！」

ミリエラは慌ててカークの背中をぱしぱしと叩いた。率直なカークの言葉に、ジェラルドは苦笑いである。

「そんなこと言っちゃダメ！　パパが用意してくれたお茶なのに！」

「だって、苦いものは苦いんだ。母上のお茶はおいしいのに」

まだ苦みが残っていると言いたそうに、カークは口を歪めた。

ミリエラはミルクを注ぎ、角砂糖を三つ放り込んだ。実は前回同様ミリエラの舌にも苦く感じられたのである。

「わかった。ニコラに習うことにしよう。次は、君の口に合うものを用意できるように」

「それなら、いい」

子供というものは恐ろしい。遠慮のないカークを見ながら、ミリエラは内心ではひやひやとしていた。

相手がオーランドと同年代であることも、身分が上であることも、カークはまったく気にしていないらしい。ジェラルドが、心の広い人でよかったとしみじみと思う。

「ミリエラは？　苦くないか？」

「大丈夫、だよ」

ひょっとしたら、ミリエラが苦いと感じているのもバレているのかもしれない。けれど、ミリエラの返事に父の目元が嬉しそうに柔らかくなったのを、ミリエラは見逃さなかった。

「さて、そろそろ冷めた頃かな？」

ゆっくりとお茶の時間を楽しんでから、ジェラルドは立ち上がった。テーブルの上の食器はそのままに、ミリエラ達も彼のあとをちょこちょことついて行く。

最初に座った席に戻ると、ジェラルドは錬金釜からどろりとしたなにかを取り出したところだった。

「パパ、これはなぁに？」

「これは、映像を映すために使う部品になるんだ——見ていてごらん。これに、もう一度マナを流し込む」

再びジェラルドの身体は、銀色のふわふわとしたものに包まれた。

「そのふわふわ、本当にきれい」

「ふわふわってなんだよ？」

「カークは見えないの？　パパがね、銀色のふわふわにくるまれてるの」

「ミリエラ、その話はこれが終わってからしようか——よし」

ジェラルドの周囲を漂っていた銀色は、再び結集し、細い糸のようになって、釜から取り出した物体に流れ込んでいく。

そしてジェラルドが手で触れ、こねると面白いように形を変えていった。まずは取り出したものをまとめて、円形に。それから型にはめて綺麗な立方体に成形する。

最後にジェラルドは定規と銀色に光るナイフを取り上げた。

定規を当て、立方体の端に印をつける。そして、その印に沿って立方体の端を切り落とした。薄い板のようになったそれを取り上げ、子供達の前に差し出す。

「これが、映写する部分になるんだ」

「へぇ！」

ミリエラとカークの声が再び揃う。そして、ジェラルドは壊れてしまったオルゴールを取り上げた。

オルゴールの蓋を開き、中に作った部品を取りつける。

「見ていてごらん」

蓋を閉じてねじを巻き、もう一度開けば、流れるのは懐かしさを覚える音色。そして、母の姿が映し出された。

「――映写機、本物、初めて、見た……！」

ジェラルドは、くすりと笑うと、オルゴールの蓋を閉じた。

音楽が中断され、空中に浮かび上がっていた映像も消え失せる。

「このオルゴールは、ミリエラにあげよう。アウレリアの姿を記録した記録板もたくさんあるから、それも持って行くといい」

「パパは？　パパは、いらないの？」

母を深く愛していた父は、この映写機がなくて困らないのだろうか。だが、ジェラルドは口元に浮かべた笑みを消すことはなかった。

「もし、見たくなったら君に頼んで貸してもらう。君も本館にいるんだし、いつでも会えるだろう？」

――それは、今後も、ジェラルドがミリエラに会いに来てくれるという意味だった。

「うん！」

ミリエラは満面の笑みを浮かべて、オルゴールを受け取った。それからジェラルドは、カークの方に向き直った。

「今からする話は、君にとっても大切なことなんだ。ミリエラを守るために、お願いできるかな？」

「もちろん！　俺は、ミリィの護衛だからな！」

カークはえへんと胸を張る。ジェラルドは、そんなカークに微笑ましそうな視線を向けた。

「ミリエラが、精霊眼の持ち主だということは、君も知っているね」

「当然だろ？　誰にも言ってないよ」

「ああ、わかっている。君が、約束を守ってくれることはよくわかっているよ――だから、頼むんだ。ミリエラもよく聞きなさい」

ジェラルドが、真剣な顔をするから、思わずこくりとうなずく。今から聞く話は重要なのだと、彼のその表情が語っている。

「ミリエラの目が精霊眼であるということと同時に、〝銀色のふわふわ〟が見えることも黙っていなさい」

「なんで？」

「カーク、君には見えていないんだろう？　私にも見えていない――おそらく、ミリエラはマナの流れを見ているのだと思う」

　マナの流れ。精霊と同様に、他の人の目にも見えていないのだろうか。

（私、特殊設定つきすぎじゃない……？）

　精霊を見ることができて、精霊のいとし子で、おまけに他の人の目には見えないマナの流れを見ることができるなんて。

　物語の主人公だったとしてもやりすぎだ。

「それを知られたら、ミリエラは王宮に連れていかれてしまうかもしれない」

「え？」

「ミリィ、そんなのやだよ！」

　やっとジェラルドとこうして話ができるようになったのだ。王宮になんか連れていかれるのは困る。

「それだけ、珍しい存在なんだ――頼む、誰にも言わないでくれ。そして、ミリエラを守ってやってくれ」

ジェラルドは、頭を下げた。わずか六歳の子供の前で。

そんな彼の様子をまじまじと見ていたカークは、「おう！」と胸を叩く。

「俺はミリィの護衛だからな！　ミリィを守るのは当然だ！」

「ありがとう、カーク」

ジェラルドが顔をくしゃりとさせる。泣いてしまうのではないかとはらはらしていたら、父はふふっと微笑んだ。

「ミリエラは、本当に大切に育てられたのだね……」

少しばかり、彼が寂しそうに見えたのは、ミリエラの気のせいだろうか。五歳の誕生日を迎えるまで、こうして会話をかわすことさえほとんどなかったから、父の気持ちを推測するのは難しい。

「でもね、パパ——ミリィ、パパと一緒にいられて幸せ」

だから、ミリエラも精一杯笑うのだ。そうすることで、ミリエラ自身も愛されていると実感することができるから。

「パパ、ミリィも錬金術使いたいな。パパみたいになれる？」

ジェラルドの様子を見ていたら、錬金術に俄然興味がわいてきた。

彼に教えを乞うことにより、もっと距離を詰めることができるかもしれないし。

それに——この世界で生きていくための知識だって必要だ。

「もちろん。では、少しずつ学んでいこう。私の仕事部屋を見学に来るといい」

ほら、とミリエラは安堵する。ジェラルドはミリエラのことをちゃんと愛してくれている。だから、なにも心配する必要はないのだ。


こうしてミリエラの日課にひとつ、ジェラルドとの時間が加わった。家庭教師が来ない日は、午前中、ジェラルドの仕事部屋で過ごすことになったのだ。

「すごいねぇ、パパ。パパはいっつもキラキラしてる！　とっても綺麗」

マナを流すジェラルドを見て、うっとりとミリエラはつぶやいた。父の身体を包み込む銀色のマナがキラキラと煌めく。

ジェラルドは、少しずつ仕事を再開しているようだが、ここ五年ほど仕事をしていなかったので、今すぐ昔のように仕事ができるわけではない。

以前のように依頼を受けて、新しい魔道具を作るということはせず、今はもっぱら昔の腕を取り戻すための訓練中、というところのようだ。

（……引退したアスリートが現役復帰するみたいなものかな。でなかったら、ピアノとかバレエみたいなものかなぁ……一日休んだら取り戻すまで三日かかるって言うし）

なんにせよ、体外にマナを流すという作業をしばらくしていなかったから、すっかり勘が鈍ってしまっているという。

「昔はこのくらい、目をつぶっていてもできたんだが」

ぼやくジェラルドの姿を、ミリエラはちょこんと椅子に座って眺めている。どんな形であれ、彼の目が現在に向いているのがミリエラの胸を温かくする。

「ミリエラ、この魔石にマナを流し込んでごらん」

「わかった」

錬金術師の第一歩は、魔石にマナを流し込むところから始めるものらしい。魔石にマナを流し込むことができるようになるのが、錬金術師としての第一歩。

というのも、魔石というのはマナを一番流しやすい素材なのだ。加工前の魔石にマナを注入できないようでは、他の素材に流すことなんてできるはずもない。

錬金術とは、魔石だけではなく、様々な素材にマナを流し込み、変容させ、新しい物質を作ることを言う。

つまり、素材づくりが主な仕事というわけだ。そこから先、魔道具を作り上げるところまで自分でやる錬金術師もいる。

錬金術師の加工した素材を使い、魔道具を作るのが魔道具師。父も簡単な魔道具なら自分で作ることができるが、難しいものは専門の職人に頼むそうだ。

「えいえいえいっ！」

体内のマナの存在を感じることができても、それを流し込むというのは非常に難しい。これができるようになれば、マナ屋を開くこともできるらしいが。

（でも、私がなりたいのは、マナ屋じゃなくて、錬金術師だもんね）

ふと思うことがある。

この世界は、精霊の力を借りて、かつて生きていた世界と同じくらい不自由なく暮らすことができている。

けれど、自分でいろいろなものを作れるようになれば、この世界でもっと楽しく生きていくことができるようになるのではないか、と。

「えいえい——あれ？」

懸命にマナを流し込みながら、ふと見上げてみたら。金色のふわふわとしたものが漂っている。それは、精霊達を囲んでいるようにも見えた。

（あれぇ、いつの間にかスイッチ入れちゃってたんだな……）

ミリエラの目は精霊を見ることができるけれど、この世界の精霊達は基本的には人の目には映らない。彼らの存在を見ることができる特別な目の持ち主がミリエラということになるのだけれど、普段は精霊は見えないように視界を調整していたはずだ。

だが、錬金術の初歩を学べるという喜びのあまり、うっかり視界を開いてしまったらしい。

「……あれ」

もう一度、マナに意識を集中する。自分や父の身体を取り巻いているのは〝銀色のふわふわ〟そして、空中に漂っているのは〝金色のふわふわ〟である。

「ミリエラ、どうしたんだ？」

天井を見上げているミリエラの様子が気になったようで、ジェラルドは作業の手を止めて近づいて来た。

「あのね、パパ」

もじもじとしながらミリエラは口を開く。

「精霊さん達は、金色のふわふわなの。それで、ミリィがえいえいってマナを流すと、金色のふわふわも一緒に流れるの」

ミリエラがマナを流し込んだ魔石には、精霊達のマナも一緒に流れ込んでしまっているらしい。それを聞くと、ジェラルドは眉間にしわを寄せた。

「それは、やはりミリエラの力なんだろうね」

「そっか。誰にも言わない方がいいね」

「――ああ、そうしよう。ミリエラと私だけの秘密だ。それと――精霊王様は例外だな。精霊王様にも話をしよう」

秘密、と聞かされ、思わず右手の小指を立てて差し出した。それを見た父は、不可解な顔になる。

「約束。指きり」

こちらの世界には、指きりという慣習はなかっただろうかと一瞬不安になる。だが、父は同じように立てた右手の小指を差し出し、ふたりはしっかりと指を絡めた。

＊　＊　＊

ジェラルドの生活は、ミリエラの帰宅によって、大きく変わることになった。

今までは、朝食をとることなく、すぐに仕事部屋に向かっていた。

仕事をするためではない。かつて、愛した人の姿を眺めるために。

アウレリアとの十年は、いくつもの記録板に残してあった。何度見ても、何度見ても物足りない。

そこにあるのが、過去のアウレリアであって、新しい彼女の笑顔を見ることができないと知っているから。

けれど、ミリエラが戻ってきてからは、本館の空気は一気に明るいものへと変化した。

「侯爵様」と、ジェラルドのことを呼びながらも、常にミリエラとの間に立っているカーク。彼がミリエラを守ろうとする様は、ジェラルドからしてみれば子猫が毛を逆立てている程度の威圧感しかなかったけれど、娘のためにそこまで一生懸命になってくれる存在というのは実にありがたいものであった。

（……オーランドにもニコラにも感謝しなくては）

強く、そう心に言い聞かせる。

アウレリア亡きあと、ミリエラの姿を見るのもつらかった。側に置いていたら、また、不幸になってしまうのではないかと思い込んでいたから。

けれど、母親代わりとなったニコラは、ミリエラをしっかりと育て上げてくれた。彼女の存在がなかったら、ミリエラはどんな子供になっていたのだろう。

かつては陰鬱だったこの屋敷に、今は明るい光が差し込んでいる。

（私ひとりの娘ではないのかもしれないが）

世間に公にするわけにはいかないが、ミリエラは精霊眼の持ち主だ。彼女の目のことを知ったなら、王宮だって彼女のことを欲しがるだろう。

こうして屋敷から外に出さないのは、もしかしたらミリエラの可能性をつぶしてしまっているのかもしれない。

「パパ、銀色のふわふわ、綺麗ね？」

ミリエラのために、オルゴールを修理する様子を見せていたら、彼女はぽつりとつぶやいた。

銀色のふわふわは、ジェラルドの身体を包み、そしてマナを流し込んでいる錬金釜の中に移動していったそうだ。

それを聞いた瞬間、確信する。

ミリエラには、マナを見る能力がある。

それはある意味、当然なのかもしれなかった。精霊を見ることのできる貴重な目を持っている存在だ。

ミリエラにとっては、精霊を見るのと同じくらいたやすいことなのかもしれない。

（――アウレリア、私達の娘は）

ミリエラのことは頭から追い払おうとしていた。考えるだけで、ミリエラにまで不幸を及ぼしてしまうような気がして。

けれど、精霊王が約束してくれた。天命が尽きる前にミリエラが亡くなることがないよう、守ってくれると。

だとしたら、父として、ミリエラにしてやることができるのは。

――彼女の能力を最大限に伸ばしてやることだけ。

「精霊さん達は、金色のふわふわなの。それで、ミリィがえいえいってマナを流すと、金色のふわふわも一緒に流れるの」

ああ、やはり。とその時に確信する。

ミリエラの才能は、現段階ですでにジェラルドをはるかに超えている。マナの流れを見ることができる――それだけで、どれだけの業績をあげることができるのか。

「ミリエラに、専用の道具を用意してあげるのがいいかもしれないな」

「ホント？　パパ、ありがとう！」

幸い、基本の錬金術なら自分で教えることができる。娘の才能がどこまで伸びていくのか。

それを自分自身の目で確かめたいと強く願った。

第四章　王子が屋敷にやってきた

ジェラルドがミリエラのために用意したのは、子供用の錬金術の工具一式であった。

火を使う時は、大人についていてもらわないといけないが、素材を切るためのナイフや、混ぜるためのボウル――素材によって使い分けるため、様々な金属製である――に、すりつぶすための乳鉢等である。

当面、錬金釜についてはジェラルドのものを使わせてもらうことになった。ジェラルドがいない時に仕事部屋に入るつもりもないから十分だ。

その前に、まずはマナの扱いについて慣れる必要がある。ジェラルドの仕事部屋の中にミリエラのためのスペースが用意された。

「うりゃああ！」

気合を込めて、オーランドのマナリングにマナを流し込む。これがないと、オーランドは普通に生活することも難しい。

屋敷には、マナを補充できる人間はたくさんいる。執事やニコラもそうだ。それに、もちろんジェラルドも。使用人の数を制限していた頃は、父自ら屋敷中のランプにマナを補充したこともあったようだ。

今、オーランドのマナリングを借りているのは、マナを流し込む練習のためだ。

マナリングは魔石を加工したものが主材料なのだが、マナを内部にため込み、魔道具のスイッチに触れると、ため込まれているマナを放出するという機能を持っている。

マナを持たないオーランドが生活していく上で、マナリングは欠かすことができない品なのだ。

「ミリィって変だよなぁ……そんなに気合を入れないと流せないなんて」

「だって、難しいんだもん。カークなんて、流せもしないくせに」

「俺はいいんだ。父上のあとをつぐからな」

カークは、普通に生活していく上でのマナの保有量は十分なのだが、魔術師になれるほどではない。錬金術も魔術の一種とされているから、当然、錬金術師にもなれない。

オーランドもニコラも自分の好きなことをやればいいと言っているのだが、カークにとっては、ミリエラを守るのが一番らしく、将来はミリエラの護衛騎士になるそうだ。

（うちの家庭環境のせいで歪んじゃったわけじゃないよねぇ……大人になるまでに、本当にやりたいことが見つかるなら、それでいいんだけど）

前世では成人していたミリエラからすると、ジェラルドと自分のせいでカークの夢が歪んでいるのではないかという一点だけが心配だ。

大人になっても、ミリエラの護衛をしてくれるというのなら喜んでお願いしたいが、決めるにはまだ早すぎる。

「――できた！」

精神はともかく、身体はまだ子供で集中力に欠けるからか、ミリエラにとってはマナを注入する行為はかなり難しい。毎回えいえいと気合を入れなければならないのだ。

本人は一生懸命なのだが、側で見ているカークからするとものすごく面白い顔をしているらしい。レディの顔を見て面白いだなんて、まったく失礼なやつである。

「ニコラは？」

「母上は、厨房の手伝いに行ってるぞ」

「なんで？」

「さあ」

カークは肩をすくめたけれど、それって一大事ではないだろうか。厨房を預かる料理人が腰をやってしまったとか。

いくら屋敷の中とはいえ、子供達だけにされることはほとんどない。父か、オーランドかニコラのうち誰かが側についているのが基本である。

もちろん、カークもミリエラも危ないことなんてしないのだが、大人達から見たら不安になるのもわかる。

「厨房、行ってみよう」

料理人の腰も心配だ。

すっかり料理人のぎっくり腰と決めつけて厨房に向かったら、向こう側からニコラが歩いて来るのが見えた。

「ねえねえニコラ、厨房大丈夫？　おじさん、腰痛いの？」

矢継ぎ早なミリエラの問いに、ニコラは目を丸くする。それからいえいえと首を横に振った。

「今日は、お客様がいらっしゃるのですよ。ミリエラ様、お出迎えの支度をしましょうね」

「えー……」

錬金術を習うようになってから、ミリエラの服装は以前とは少し変わっている。

以前は飾りは少な目ながらも、貴族のお嬢様にふさわしいフリルやレースのついたワンピースだったのだが、最近ではよりシンプルなものになっていた。

シンプルな服の方が動きやすいから好きなのだが、客人が来るのなら着替えねばならない。

自室に戻り、今まで着ていた動きやすいワンピースをすぽんと頭から抜かれたかと思ったら、レースとフリルたっぷりのドレスを着せつけられる。

髪は下ろしたままでいられると思っていたら、ふたつに分け、両方の耳の上で束ねてリボンをつけられた。

レースの靴下に黒いピカピカの靴まで履かされている。たぶん、かなりの重要人物が屋敷を訪れるのだろう。

「――パパ！　ミリィ、お客様って聞いてないよ！」

本気で怒っているわけではないが、とりあえず玄関ホールのところで出会ったジェラルドに文句を言ってみる。

だが、ジェラルドはそれにはかまうことなく、ミリエラをひょいと抱え上げた。いきなり抱き上げられて、声があがる。

「うわあああああ！」

「嫌だったかな？」

「ううん、びっくりしただけ。抱っこなら抱っこって先に言って！」

「わかった。次からはそうするよ」

うんとうなずいておいて、ジェラルドの頬にぐりぐりと自分の頬を押しつけた。

「侯爵様、今日は誰が来るんだ？」

こちらも白いシャツ、茶色のズボンに、同じ色の上着、といつもの気楽な格好から盛装に着替えさせられたカークが文句たらたらやって来る。

シャツのボタンを一番上まで留められたのが気になるらしく、しきりに襟ぐりに指を差し入れて喉から離そうとしていた。

「ふたりとも、今日はいい子に頼むよ。今日、王家の方が、急にいらっしゃることになったんだ」

「おーぞく！」

カークは目を丸くした。ジェラルドに抱き上げられたままのミリエラも、きょとんとしてしまう。

王族。たしかに侯爵がいるのだし、ここは王国なのだから王族というのは存在するのだろう。だが、王族がここまでやって来るとはいったいどういうことなのだ。

「王子殿下がグローヴァー侯爵家の領地で暮らすことになってね。近くに、殿下のお屋敷を用意したんだ。屋敷の敷地内は王族の直轄領ということになる」

ふむふむ、とミリエラは考えこんだ。

たぶん、塀の向こう側には、侯爵家の勢力はまったく及ばないということなのだろう。前世で言うところの治外法権みたいなものか。

おそらく挨拶に立ち寄るのだろうと判断し、ならばふりふりのドレスに着替えさせられたのもしかたないと納得した。王族を屋敷に招くのは名誉だから、普段着というわけにもいかない。

「パパ、今日のパパも素敵だね」

「そうかな。ミリエラがそう言ってくれたのならよかったよ」

これはお世辞ではない。

父の身に着けている深い緑の上着は、侯爵家の当主らしく、上質の布で仕立てられている。施されている刺繍《ししゅう》も繊細なものだ。白いシャツにクラヴァット、袖口からのぞく青い宝石のカフスボタン。

長い銀髪はひとつに束ねてある――やはり、今日の父はいつも以上に素敵だ。

「ミリィ、パパとお揃いがよかったな。こういう風に結べばよかった」

束ねられているジェラルドの髪をひっぱりながらそうつぶやく。

「もう少し長くないと難しいと思うよ。私が、ミリィと同じ髪形にしようか？」

「それは、変だよパパ！」

今日のミリエラは、髪を両耳の上で束ねてリボンをつけた髪形だ。前世の言葉で言うならツインテールである。二十代後半の成人男性が、そんな髪形にするのはいかがなものか。

そんな風にじゃれ合っていたら、先ぶれの使者がやってきた。もうすぐ、王族が到着するらしい。玄関ホールから外に出て、客人の到着を待つ。

ミリエラとカークの側には、こちらも華やかに装ったニコラ。

オーランドは騎士としての任務に就いているらしく、他の騎士団のメンバーと一緒に小道の両脇を固めている。

執事やメイド、庭師といったその他の使用人達まで皆身なりを改め、王族を迎えるために並んでいた。

（……来た！）

やってきたのは、金色の飾りがまぶしい馬車だった。紋章のようなものがついている。

ミリエラはまだ紋章の勉強はしていないけれど、あれが王家の紋章なのだろう。

馬車が停まると、御者《ぎょしゃ》が飛び降り、恭《うやうや》しく扉を開く。

ミリエラだけではなく、カークも馬車からどんな人が出て来るのか気になってしかたないようだった。背伸びし、前のめりになって、少しでも早く客人を見ようとしている。そんなカークの襟首を掴んで、オーランドが引き戻していた。

ジェラルドの隣に立っていたミリエラは、すぐに馬車の中を見ることができた。

足置きが御者の手によって用意され、降りてきたのは――ミリエラより少し年上と思われる少年だった。黒い上着に揃いのズボン。年齢に見合わない落ち着いた物腰で、彼は地面に降り立った。見事な金髪はきちんと整えられ、緑色の瞳は、明るく澄んでいる。

「グローヴァー侯爵、お招きに感謝する」

少年らしく、高い声。ジェラルドは、彼の前で膝を折り、頭を垂れた。

「ディートハルト殿下、お待ちしておりました。こちらは我が娘、ミリエラでございます」

父に紹介され、ミリエラは家庭教師から教わったようにスカートをつまみ、ちょんと頭を下げた。ディートハルトと呼ばれた少年は、その様子にうん、とうなずいた。

「皆の者も、出迎えに感謝する。ありがとう」

使用人達にそう声をかける彼の声音は優しいものだった。王族と言っても、威張り散らすタイプではないようだ。

ディートハルトを通したのは、ミリエラも初めて入る部屋だった。ここは、たぶん応接間なのだろう。

長い間使われていたと思われるどっしりとした家具は、丁寧に磨かれていた。カーテンも、新しいものにかけかえてある。どこからか花のような甘い香りまで漂わされていた。

ディートハルトを上座に案内し、ジェラルドとミリエラが並んで座る。

ワゴンを押して入って来たニコラは、口を開くことなくそれぞれの前にお茶とお菓子を並べ、ミリエラの様子を横目で確認すると、一礼して出て行った。

ジェラルドがディートハルトに茶を勧め、彼は遠慮なくそれを口に運ぶ。緊張しているのか、はぁと息をつくのがミリエラにもわかった。

しばらくの間は、時候の挨拶だの共通の知人の近況だのと穏便な会話をかわす。

ミリエラは目の前のお菓子に気を取られているふりをしながら、ディートハルトの様子を観察していた。

(ええと、ディートハルト殿下は七歳、だったよね……)

ミリエラより二歳上。中身が成人女性のミリエラはともかく、七歳でこれだけしっかり社交上のやり取りができるとは。

(カークに同じことができるかって言ったら、難しいと思う)

王家の教育はかなり厳しく、そしてディートハルトはその中でもかなり聡明な方なのだろうと想像する。王族というのは、大変なものらしい。

「それで、今回、侯爵の領地にお世話になることになったのは――僕がマナを持っていないからなんだ」

「殿下も？」

思わずミリエラは身を乗り出した。

十人にひとりは、マナを持っていないというが、ミリエラが会うのは、オーランドに続き二人目である。

「ミリエラ嬢は、他にマナを持たない者を知っているのか？」

「ええと、はい。うちのオーランド……ええと、パパ、じゃなくて、お父様、じゃなくて――」

「いいよ。難しい言葉を使おうとしなくても。その気持ちだけで十分だ」

年下の子に気遣われてしまった。

ミリエラの頬にぼんっと血が上った。なんという失態だ。前世では、彼の何倍もの年月を生きてきたというのに。

だが、そう言ってもらったことは素直にありがたく、彼の提案を受け入れた。

「オーランドは、パパの騎士なの。オーランドもマナを持ってないから、マナリングを使うの」

ミリエラより、七歳の方がはるかにしっかりしている。マナーに気をつけないといけない、と思うとなかなか難しい。普段は、幼く見えるよう子供らしいふるまいを心がけているからなおさらだ。

ちらり、とディートハルトは護衛として父の背後に立っているオーランドの方に目をやった。

「君が？」

「はい、殿下。ですが、マナリングのおかげで、不自由はしておりません」

「そうだろうね。僕も、マナリングさえあれば日常生活が不便だと思ったことはないから。グローヴァー領に来ることができてよかったとも思う」

ディートハルトは、オーランドに同意するようにうなずいた。

ジェラルドは、錬金術師として優れた腕を持っている。父だけではなく、グローヴァー侯爵家は代々優れた錬金術師を輩出してきた。

魔道具師達は、侯爵家の者と協力して魔道具を作るためにこの地に移り住んだという。

そして、この付近には父と協力して働いていた魔道具師達の中で、この地にとどまると決めた者達がまだ残っているのだそうだ。

もちろん、人も物もお金も情報も一番豊富に集まるのが王都だ。優れた錬金術師や魔道具師は、大半が王都で生活している。

だが、錬金術師や魔道具師が次に多く集まるのはここ、グローヴァー侯爵領である。

だから、ディートハルトが王宮を離れなければならなくなった時、最適なのがこの地というこ となのだろう。不自由を覚えた時は、この地に暮らす優れた魔道具師にすぐに相談できるから。

「侯爵の領地なら、僕も不自由なく暮らせるだろうから——というのが、王妃様の願いなんだ」

たしか、とミリエラはなに食わぬ顔で記憶の箱をひっくり返した。

今の王妃は、前王妃の死亡後、その地位に就いた人だ。ディートハルトにとっては継母《ままはは》ということになる。そして、王と彼女の間にもディートハルトにとっては異母弟となる王子が誕生している。

（ディートハルト殿下が、邪魔になったってことなのかも）

権力争いを繰り広げる権力者達の話なんて、いくらでも知っている。

こんなに幼いのに、遠くに追いやられてかわいそう——と精神面ではともかく、肉体面では自分の方が年下なくせに同情した。

「ディー……ディートハルト殿下。お庭に行きましょう」

頃合いを見計らって、ディートハルトを誘った。彼の名前は長いので、噛まないようにするのが大変だ。

物怖じしない態度を見せてはいるが、ディートハルトの方も気を張り続けていて、少し疲れた気配を漂わせている。

「ミリエラ嬢が案内してくれるの？　侯爵、ご令嬢をお借りしてもよいかな？」

「殿下がよろしければ」

胸に手を当て、ジェラルドは一礼した。だが、すかさずオーランドに目配せしたのをミリエラは見逃さなかった。

さすがに、子供達だけで庭に出すような真似はしないらしい。

廊下に出ると、そこにはカークが待っていた。

「ディートハリュ、ハルト殿下。こちらはカーク。オーランドの息子です」

今度は相手の名前を噛んでしまったが、気づいていないふりをする。

カークはにやにや笑いをこらえている顔になるし、ディートハルトも唇を引き結んで妙な表情をしているし、まったくふたりとも失礼だ。

にぱっと笑ったカークは、ディートハルトの方に右手を差し出した。握手するつもりらしい。

「——よろしく頼むな！」

子供というのは恐ろしい。相手が王族であるのはまったく頭にないらしい。

(でも、これが普通だと思うんだわ)

中身が大人のミリエラや、本人の資質もあるのだろうが、厳しく育てられてきたディートハルトが例外だ。

だが、カークの対応は王族相手には好ましいものではない。侯爵家の人間として、たしなめようとした時だった。

「いい。カークの対応はそのままで——王族とは言っても名ばかりだから」

ディートハルトに先手を打たれてしまった。ならば、ミリエラが出る必要もない。気を取り直し、ディートハルトの方に微笑みかける。

「お庭に行きましょう。薔薇が、とっても素敵。ディートハリュト……ハルト殿下は、薔薇はお好き？」

再び噛んだ。彼の名前は長いし、言いにくいのだからしかたない。また、カークがにやにやして、ひっぱたいてやろうかと一瞬考えた。

だが、ここで喧嘩をふっかけてもしかたがないので、「カークもよ」と、乳兄妹も庭に連れ出した。

ジェラルドとお茶会をした広場の薔薇は、もう最盛期を過ぎている。だが、そこから離れたところ、池の側にも真夏に近い頃に咲く薔薇ばかり集めた一角があるのだ。

ミリエラが先頭を歩き、半歩遅れてディートハルトが続く。そして、最後尾がカークだ。

「見て見て、薔薇がすごいでしょ！」

「これは……素晴らしいね」

美しい薔薇なのだが、毎日この庭園を走り回っているカークの反応は鈍いし、ディートハルトの反応もいいとはいいがたかった。素晴らしい、は完璧に社交辞令である。

とりあえず庭に連れ出してみたものの、男の子達の興味を引くのは、難しかっただろうか。

だが、ミリエラには秘策がある。エリアスの力を借りて、彼らにも素晴らしい景色を見せてやろう。

（エリアス、いいかな？）

『まあ、かまわないのではないか？』

今、エリアスは姿を見せていないけれど、呼べばミリエラのすぐ側にやって来る。見えない彼の前足が、カークの目とディートハルトの目に触れた。

「わわ、なんだこれは！」

「僕の目が、おかしくなってしまったかもしれない」

エリアスの手によって、精霊と同調した男児ふたりは、今までとはまったく違う世界に驚いた様子だった。

ふたりとも、きょろきょろと周囲を見回している。

ミリエラも視界を精霊が見えるものへと切り替える。

「――ねえ、見て見て！　精霊達がディートハリュト殿下を歓迎しているの！」

今回集まって来たのは、薔薇の精霊だけではなかった。芝生からも精霊達が飛び出してくるし、噴水にできた虹からも七色の服を身に着けた精霊達がやってくる。

どこからか聞こえてきた明るい音楽に、少年ふたりは目を丸くした。

「すごいでしょ？」

「これは――すごいな。すごいよ、ミリエラ嬢」

ディートハルトも、それ以上なにも言えないみたいだった。

ただ、目を丸く大きくしたまま、精霊達のダンスを見つめている。

（よしよし、これでいいぞ）

これで、ディートハルトもカークも、この庭が案外楽しいということに気づいただろう。

護衛についているオーランドにはなにも見えていないので、彼はふたりが「すごいすごい」と言っているのが、気になるようだ。

エリアスが彼に触れなかったということは、彼には見せてやる必要がないようだ。そのあたりの線引きは、エリアス自身に任せておく。

「ねえねえ、鬼ごっこしようよ！」

「それは、ミリエラ嬢が不利なんじゃないか？」

「ミリィ、大丈夫。誰が最初に鬼になる？」

ミリエラが不利であると少年ふたりの意見が合い、ミリエラにはハンデが与えられることになった。

最初の鬼はカーク。ミリエラが十分離れたところで、彼はまずはディートハルトを追い始める。

「カーク、カーク、ミリィここだよ！」

ぴょんぴょんと跳ねてカークを刺激してみるものの、こちらには見向きもしない。

懸命に追いかけるのだが、ディートハルトの方が身体が大きい分、カークは苦戦しているらしい。

「待て待て！」

「待てると思うか？」

ハンデをくれるという話だったはずだが、ふたりともミリエラの存在なんて完全に忘れている。だが、そのくらいでちょうどいいのかもしれない。

（ディートハルト殿下、なんだか思いつめた顔をしているし……）

王族の中で、マナを持たないというのは本当にめったにないことなのだそうだ。

一般の人の間では十人にひとりくらいはいると聞いているが、王族からは百年ほどマナを持たない人物は出ていないという。

（やっぱり、肩身が狭いのかなぁ……）

と、大人の観点から彼に同情してしまう。

母はもういない。継母は、それなりに大切にしてはいるだろうが、本当の母ではない。弟も生まれ、新しい家族の絆が作られようとしている中。マナを持っていないなんてことが明らかになったなら。

（うん、私なら拗ねてダメ人間になってしまうかも）

ミリエラは、自分の心がさほど強くないことを知っている。もし、自分だけ家族の中の異分子だということがわかってしまったら。

投げやりになって、自分の義務も投げ捨ててしまうかもしれない。

父に顧みられることのなかった五年間、そうならなかったのは乳母一家が惜しみない愛情を注ぎ、まっすぐに育ててくれたからだ。

「ディートハリュト殿下、ミリィこっち！」

いつの間にか、カークとディートハルトは攻守交代していた。

ディートハルトが追いかける側になっていたから、ミリエラはぴょんぴょん飛び跳ねて、自分の存在を主張する。

けれど、妙な騎士道精神を発しているのか、自分より小さい女の子を追いかけまわすのは気が引けるのか。ふたりともこちらには来ようとしない。

（まあ、いいですけどねー、大人だから、我慢できますけどねー）

と心の中でぶつぶつ言っている段階で我慢できていない。最後には拗ねて座り込み、ふたりの男の子が走り回るのをただ、見ていた。

「――エリアス、こっちに来て」

ひとりでいるのが苛立たしく、ミリエラはエリアスを呼び出した。エリアスに寄りかかるようにして、ミリエラは息をつく。

「拗ねるな、拗ねるな」

「拗ねてないもん」

子供に子供扱いされるのが腹立たしいが、まあいいかと思い返す。

「あ、エリアスだ」

「……エリアス？　……すごい、大きいな！」

カークがぴたりと動きを止めた。つられるように、ディートハルトも足を止める。彼の目が、みるみる大きく丸くなった。

「エリアスは、ミリィの精霊なんだぜ！」

「ミリエラ嬢の？　すごいすごい！」

子供達は、ばたばたとこちらに戻ってきた。初めて会った時の怯えっぷりはどこへやら、カークはエリアスの毛並みをわしゃわしゃとかき回している。

「我は風の精霊王。あがめろ、そして撫でろ」

ディートハルトの方に向き直ったエリアスは、顎の下を撫でろと要求しているかのように頭全体をそらす。

こわごわとディートハルトはエリアスに手を伸ばし、再び目を丸くした。

「柔らかい……！」

今度はエリアスも混ざって、鬼ごっこが再開される。

走り回ってくたびれた頃——ニコラが三人を迎えに来た。お茶の時間だそうだ。

「行こ、カーク。行きましょう、ディートハリュト殿下。エリアスは？」

先ほどから噛みっぱなしだ。最初のうちはげらげら笑っていたカークももはや突っ込む気力もないらしい。ミリエラももう諦めた。

エリアスはゆったりと子供達を先導するように歩いて行く。

「言いにくそうだね。僕の名前は長いし――ディーって呼んでもらおうかな」

先ほどから走り回っていて、ディートハルトはミリエラにすっかり気を許したようだ。

こちらを見る笑顔がピカピカでまぶしい。彼の服の袖を引っ張りながら、ミリエラも笑った。

「なら、ミリィのこともミリィって呼んでいいよ。そう呼ぶのは、家族とお友達だけだからね！」

一緒に暮らしているカークは友人でもあるが家族扱いである。乳兄妹だから、家族扱いでいいだろう。

友達、という言葉に、ディートハルトは目を丸くする。それから、ますます顔を輝かせた。

「わかったよ、ミリィ――」

この世界に生まれて初めての友人が、この国の王子様である。侯爵令嬢ってすごい。

お茶の時間という名目で、サンドイッチやケーキを満腹になるまで胃に収めてから、三人は応接間に移った。

ミリエラは、父からもらったオルゴールを、よいしょ、と応接間に運ぶ。走り回って少し疲れたので、オルゴールをかけながら、映像を見ようという話になったのだ。

父がミリエラにプレゼントしてくれた記録板は、若い頃の両親の姿を映したものだが、記録板さえ差し替えてしまえば、なんでも見ることができる。

前世でいうところのＤＶＤのようなものだと言えばいいだろうか。

ミリエラが取り出したのは、騎士達の訓練の様子を映したものだった。カークもディートハルトも、剣に興味を持っているようだからちょうどいいだろう。

オーランドだけではなく、侯爵家に仕えている騎士達が剣を打ち合わせたり、集団での戦法を訓練したりしている様子を、ふたりはじぃっと眺めている。

ふたりの熱心さとは裏腹に、興味がないので、ミリエラの瞼はだんだん重くなってきた。

（……今日は、たくさん走ったもんね……）

よく考えたら、ミリエラの記憶にある限り、この屋敷に客人を招くのは初めてのことだ。それに、新しく友達もできた。

新しい生活も、悪くない。そう思った瞬間、ミリエラの意識は完全に睡魔に飲み込まれてしまった。

＊　＊　＊

そっと応接間の方をうかがってみる。先ほどまできゃっきゃと子供達の声が聞こえていたのが、今はしんと静まり返っていた。

ジェラルドはそっと応接間の扉を開いた。中で護衛の任についていたオーランドはこちらを振り返り、そっと人差し指を口に当てた。

（ああ、眠ってしまったのか）

ミリエラを中心に三人でソファに座り、オルゴールで記録した映像を眺めていたところだったようだ。三人ともぐっすり眠りこんでいる。

扉を閉じると、ディートハルトの世話係が、不安そうな目でこちらを眺めている。

「子供達は眠ってしまったようです。殿下がお目覚めになるまで、しばらくこのままにしておきましょう」

子供には、昼寝の時間が必要だ。

今日は客人がいるから、昼寝はできないだろうと思っていたが、三人揃ってすやすやと眠っているのだからそっとしておいてやろう。

「殿下が、こんなに楽しそうにしているのは、久しぶりに見ました。こちらに来て、本当によかった」

そう潤んだ瞳でつぶやいたディートハルトの世話係は、ディートハルトが生まれた時から仕えているそうだ。

ディートハルトが五歳の誕生日を迎えた直後、マナが使えるか否かを確認したらしい。

その時にはマナが使えなかったけれど、幼い子供はマナを上手に使えないことが多々ある。

そのため、様子を見ながら何度か調べてみたのだが、いつも結果は同じ。ディートハルトはマナを持たないという結論が出されたのが先日のこと。

（……王子という身分で、マナが使えないというのはつらいだろうな）

と、同情したのは、共に暮らしているオーランドも同じだったからだ。

人口の約一割がマナを上手に使うことができないとはいえ、少数派であるのは間違いない。

マナリングに込めたマナが尽きてしまえば、すぐに不自由することになる。

それに――とさらに考えを深めた。

後妻の立場からすれば、先妻の忘れ形見というのは、煙たい存在である可能性は高い。だが、ディートハルトの暮らす地として、マナを持たない者でも暮らしやすいこの侯爵領を選んだ。

憎んでいるというほどではないかもしれないが、しっくりいっていると言うのも難しいというところか。

（――わが領地で暮らすのならば、たしかに不自由はしないだろうからな）

今ではかなり腕も鈍ってしまったと自覚しているが、二十代になったばかりの頃のジェラルドは、かなり有能な錬金術師であった。

侯爵家は代々錬金術師を輩出してきたし、錬金術師や魔道具師を好待遇で迎えてきた歴史があることから、領地には多数の錬金術師や魔道具師がいる。

マナを補充するマナ屋も多く集まっているから、ここで暮らす分にはディートハルトも不自由はしないですむはずだ。

（それに……この地ならば、王族なのにマナを持たないと、周囲に憐《あわれ》みの目で見られることもないだろうから）

領地の住民の中には、マナを持たないがゆえにこの地に移住してきた人も多い。グローヴァー領に関していえば、マナを持たない人の割合は、他の地域の倍近く、その分差別意識も他の地域より薄いのだ。

「――感謝します、侯爵様」

振り返れば、ディートハルトの世話係は、深々と頭を下げていた。そんな彼に向かい、ジェラルドは首を横に振る。

「いえ――感謝すべきなのは、私の方かもしれません。娘があんなに笑っているのは、初めて見たような気がします」

生まれてからずっと会うことのなかった娘。

冷静になってから考えれば、カークは例外としても、友達のひとりもいないというのは異常な事態なのだ。この屋敷に、あんな風に子供達の笑い声が響いたことがあっただろうか。

（……近隣の子供達を招く機会を作った方がいいかもしれないな）

不意にそう思い、自分がそう考えたことにまた驚いた。

少し前まで、世捨て人と言ってもおかしくない生活を送っていたのに、今ではミリエラのことばかり考えている。

「殿下が来てくださって、娘も今日はとても楽しかったようです」

ミリエラに友人が増えるのはいいことだ。

もう少ししたら、この屋敷にたくさんの子供達が集まって、そして笑い声を響かせるようになるのかもしれない。

「私は、親として間違っていた——その過ちを今からでも正したいのです」

娘のことをまったく見ていなかった期間も長い——だからこそ、娘には幸せになってほしいと思うのだ。


「また、遊びに来てもいいかな」

ディートハルトがそう言うと、ミリエラは「もちろんだよ、ねえパパ？」とこちらを見上げてくる。ジェラルドは、娘の頭に手を置いた。

「殿下、いつでも歓迎いたします」

「ありがとう、侯爵——本当は、ここに来るのは嫌だったんだ」

申し訳なさそうに、ディートハルトは眉を下げる。

いくら王族で、厳しく育てられているとはいえ七歳はまだまだ子供だ。親元を離れるには幼すぎる。

（いや、私がそれを言うべきではないな……）

と、内心苦笑。

生まれたばかりの娘を放り出し、親友夫妻に任せきりにしたのはジェラルド自身。

もちろんそこに、娘まで不幸にしたくないというジェラルドなりの願いがあったのは事実だが、実際のところそんな呪いは存在しなかった。

「とんでもない。娘も殿下とお目にかかることができて喜んでおります。お屋敷に、剣の稽古の相手が務まるような同年代の者がいないようでしたら、カークがお相手を務めることもできるでしょう」

――もし。

ディートハルトの手を握り、ぶんぶんと上下に振って別れの挨拶をかわしているミリエラを見ながら考える。

もし、生まれた時から一度も手元から離さないで育てたら。ミリエラが育っていく過程を、一瞬も見逃さないですんだのに。

初めての寝返りも、座った時も。歩き始めた時、意味のある言葉を発するようになった時も――それらはいつもオーランドやニコラの口から聞かされるものであった。

「パパ？　どうしたの？」

ディートハルトの乗った馬車を見送り、ほっと息をつけば――幼い子には不似合いな心配そうな色を目に浮かべたミリエラがこちらを見上げている。

（……ミリエラも、似たようなものなのかもしれないな）

年齢に見合わない落ち着きを見せるディートハルト。年齢より、はるかにいろいろと考えている様子を見せるミリエラ。

母はもう会えないとはいえ、父からも見放された娘がどれだけ寂しい思いをしてきたのか。そして、寂しい思いをさせてしまったのは誰なのか。

思わず、手を伸ばして抱き上げる。

「パパに抱っこされるのは好きよ」

それなのに、ミリエラはそう言って笑うのだ。

彼女の無邪気な微笑みに、ますますいたたまれない気持ちになる。「ミリィ」と愛称で呼ぶことすらまだできないくせに。

＊　＊　＊

ミリエラの友人ということになったディートハルトは、時間が合えば、侯爵邸を訪れる。何日も前から先ぶれの者を出すのではなく、本当に気楽にやって来る。

今日は、午前中から遊びに来たので、庭に敷物を広げてピクニックをしていた。ミリエラが生まれるとわかった時に母が作らせた水遊び場があるのだ。

最近は暑くなってきたので、水遊びも楽しい。オーランドや他の護衛騎士がつき、三十分に一度休憩をとらされるのは、身体が冷えすぎないように気を遣っているためだ。

休憩時間、濡れた石の上でごろごろしながら、ミリエラは問いかけた。

「ディーは、毎日なにしてるの？」

「午前中は、剣の稽古と、勉強。午後は日によって違うかな――護衛達と町の外に出かけることもあるよ。魔物退治について学んでいるんだ」

「へぇぇ！」

魔物と普通の動物の違い。

それは、体内に魔石を持っているか否かで分類される。

魔物は必ず体内に魔石を持っているのだが、その魔石にどれだけマナを注入できるか、素材としてどれほど優秀なのか、によって売買価格が変わってくるらしい。

一般的には強力な魔物ほど、大きな魔石を持っているとされている。

「今は、スライム退治をすることが多いかな」

「スライム？　スライムってぷよぷよした魔物だよね？」

「そう、それ。心臓と魔石の部分以外は透明でぷよぷよしてるんだよねぇ」

ミリエラは思わず身を乗り出す。この世界のスライムは、主に水辺に生息しているらしい。

さほど強い魔物ではないのだが、体内ほぼすべてが水分であり、一撃で心臓を貫かないと退治するのがやっかいだとも言われている。

光合成と、体内に取り込んだ物質から栄養を得ているようで、なんでも食らう悪食《あくじき》でもある。

そのため、見かけたらなるべく駆逐《くちく》するようにと言われているのだが、なぜかスライムからとれる魔石は、マナを注入すると崩れてしまう。

それに、身体がほぼ水分でできていることから、魔石以外の素材も採れないため、冒険者ギルドから依頼を受けた冒険者達も、スライム退治は嫌がることが多い。

この領地では、父がお金を出し、通常料金に上乗せする形で冒険者達にスライム退治を依頼して、平和を保っているそうだ。

「スライムは、心臓を一撃で貫かないといけないから、僕の訓練にはちょうどいいんだって」

「――もう魔物退治に行っているのか。すごいな！」

ディートハルトの隣に転がっていたカークが飛び上がる。

ディートハルトは、まだ、剣を習い始めたばかりだそうで、まだスライム退治しか許されていないらしい。

「でも、スライムってそんなに強くないだろ？」

「そうなんだよね。こうやって魔石は持ってきたけど——使い道なんてないって言われてしまったよ」

苦笑いしながら、ディートハルトは敷物に置いていた鞄を引き寄せた。

その中から取り出した袋を逆さまにすると、キラキラとした魔石がごろごろと石の上に転がり落ちる。

「うわぁ、綺麗だねぇ……ミリィ、スライムの魔石見るの初めて！」

魔石は、魔物の種類によっても形を変える。

魔道具の素材となったり、マナの保管庫となったりする魔石は、ジェラルドの仕事部屋で見かけるもの。

だが、マナを注入すると崩れてしまうスライムの魔石は素材にはならないので、仕事部屋には置かれていないのである。

体内に取り込んだものが魔石の色に影響しているのか、スライムの魔石にはわずかに色がついているものもある。

「ほら、キラキラしてる！」

スライムの魔石を、日の光にかざしてみる。こんなに綺麗なのに、値がつかないというのはもったいない。

「それなら、全部ミリィにあげるよ。倒したから、なんとなく持ってきただけだし」

「ほんと？　いいの？」

ミリエラの目は、先ほどからずっと魔石に釘づけだ。スライムの魔石にも使い道があるとすれば、子供向けのおもちゃくらいだろう。おもちゃのアクセサリーだったり、おもちゃの剣の装飾になったり。

ミリエラのアクセサリーは本物の宝石ばかりで、スライムの魔石を使ったおもちゃのアクセサリーは持っていないから、物珍しくて面白い。

（スライムの魔石って素材にもできないっていう話だったけど……）

錬金術の訓練を始めたばかりのミリエラには、ちょうどいい素材なのではないだろうか。

ジェラルドからもらった乳鉢もまだ使ったことがないし、錬金釜も使ってみたい。

「ありがとう、ディー！」

「喜んでもらえたなら、嬉しいよ」

ふたりの様子を見て、膨れっ面になったのはカークだった。どうやら、取り残されたのが面白くなかったらしい。

「カークも手伝ってくれるでしょ？」

「なにをだよ」

「このスライムの魔石で、錬金術するの！」

「錬金術には向かないって言ってるのに……」

そうカークが口にしたのは、聞こえないふりをする。

「ミリィは練習に使いたいんだよね。いいよ。またスライム退治に行くって言うから、お土産に持ってくるよ」

「ほんと？　ありがとう、ディー！」

カークはますます膨れっ面になったけれど、すぐに気を取り直したようだ。

「じゃあ、材料をすりつぶすのは俺が手伝ってやる。ミリィの力じゃ大変だろ」

「——うん！」

彼らと過ごす時間は、こんなにも温かくて、優しい。

前世では知らなかった温もりに、胸がいっぱいになった。

「カークは、僕と剣の練習をしようよ」

ディートハルトは、そうカークを誘う。今度膨れっ面になったのはミリエラだった。

「ミリィは、剣は使えないのに……！」

剣の使い方くらい学んでもいいのではないかと思うのだが、この世界では、女性は剣を学ばないと決まっているらしい。

膨れっ面になったミリエラを、ふたりがせっせとなだめる。ディートハルトは傍らにあったケーキを、カークはチョコレートを差し出している。

そんな子供達の様子を、少し離れたところから見守る大人達が微笑ましそうな目になったの

は、まったく気づいていなかった。

＊　＊　＊

ディートハルトが遊びに来るようになってから、ひとつだけ困ったことが起きた。

カークはミリエラを守る相手として認識したらしい。いつか、護衛の役も果たしてくれたらとは願っていたが、こんなにも早く、その意識が芽生えるとは思っていなかった。

本当に、子供達の成長には目を見張らされる。

「パパ、ディーからもらった魔石で錬金術をやりたいの！」

目を輝かせながら宣言するミリエラは、スライムの魔石をどうにか魔道具に使えないか考えているようだ。スライムの魔石は、誰にも扱うことができないのに。

（たしかに、私の血を引いているんだな……）

錬金術への好奇心。まさしく、グローヴァー家の血を引いているのだろう。それを感じれば、ますますミリエラが愛おしくなってくる。

「……そうだな。なにかできないか、一緒に考えてみようか」

ついつい、甘やかしてしまうなと思いながらも、今までミリエラを放置していた自覚がある分、甘やかさずにはいられない。

「でもね、パパ」

真顔でミリエラはつけ足した。

「パパは、ミリィに付き合わなくてもいいんだよ？」

ミリエラに突き放され、頭を殴られたような衝撃を覚えた。先に突き放し、見向きもしなかったのは、ジェラルドの方なのに。

「私は、必要ないということかな？」

「ううん、そうじゃなくて。パパはお仕事で忙しいでしょう？　だから、ミリィ自分でやってみたいの」

領地の中に王族の屋敷をもうけたいという話が来た時には驚いた。

王族の屋敷の中は、領主の権限さえ及ばない場所となる。大変、名誉な話であるのと同時に、その分苦労が増える話でもあった。

もし、王族の屋敷でなにか問題が発生すれば、それはそのまま領主の落ち度となるからだ。

だが、やってきたディートハルトを見て、彼に同情したのは否定できない。

王族の中で、マナを持たない者というのはごくごくまれにしか現れない。そして、その場合、後継者から外される可能性は高い。それは、この国においてマナを使うことができないというのは、人の手を借りなければ生活するのが難しいことを意味しているからだ。

次世代の王は、もう、弟王子に決まったようなものだろう。となれば、彼にとってはここが故郷になるかもしれないわけだ。

「ミリィね、ディーの魔石でなにか作りたいの」

ミリエラは、ディートハルトのことをよき友だと思っているようだ。家族同然のカークに対するのと同じような友情だ。

ミリエラが家族以外の人と接する機会は多ければ多いほどいい。それは、彼女を今までずっとこの屋敷に閉じ込めてきたジェラルドの責任だ。

「ミリィが、自分で作りたいから、パパのお手伝いは……ううん、やっぱりいる」

ひとりで錬金釜を使えないことを思い出したらしい。ジェラルドはミリエラの頭を撫でた。

「それなら、私の手伝いは最小限ということでどうだ？　どうしても、ミリエラひとりでできないことがある時は、私を呼べばいい」

「それでいいの？」

パッとミリエラの表情が明るくなる。

「もちろん。ミリエラの望みは、最大限叶えてあげたいからね」

娘に対する贖罪《しょくざい》の気持ちが薄れることはないだろう。

だが、こうして父として当たり前に慕ってくれるのを見ていると――胸の痛みまで覚えるのだ。

「ミリィ、パパのこと大好き」

「私も、ミリエラのことが大好きだよ」

娘が頬にキスしてくれるのを、少し、わくわくしながら受け入れる。お返しの時に、「ミリィ」と愛称で呼べなかったことを、少しばかり残念に思った。

第五章　おいしいお弁当はいかがですか

スライムの魔石で、なにか魔道具を作ろうと考えたが甘かった。

「パパ、スライムの魔石って思っていたよりもろいんだねぇ……！」

ジェラルドの仕事部屋で、ミリエラは頭を抱え込んでいた。

ディートハルトがせっせと運んでくるスライムの魔石。

彼自身の訓練のために行った先で倒してくるのだから、わざわざミリエラのためにスライム退治をしているわけではないが、もらってばかりでお返しができないのは心苦しい。

もちろん、スライムの魔石はキラキラしていて綺麗だ。磨けばもっと綺麗になるけれど、綺麗になるだけの話であって、実用的な品になるわけではない。

ミリエラは、なにか実用的なものが作りたいのだ。だから、スライムの魔石を調査するところから始めたのだが、想像以上に魔石がもろかった。

心臓を一撃にするという一点さえ守れば、子供でも狩ることができるくらいスライムは、弱い魔物だ。

その分、流し込まれるマナに対する魔石の強度も非常に弱い。どうりでスライムの魔石はおもちゃにしか使われないはずである。

ためしに、火属性のマナを流し込んだところで、崩れ落ちてしまった。隣で仕事をしていたジェラルドが、ちらりとこちらに目を向ける。

「ミリエラ。スライムの魔石は弱いから、少しずつ入れなければならないよ」

「わかった……少しだけね……えいっ！」

ほんの少しだけマナを注入したつもりが、またもやもろりと崩れて溶けた。この程度のマナに耐え切れないなんて、本当に弱すぎる。

(困ったなぁ……)

腕組みをして、考えた。スライムの魔石はまだまだたくさんあるが、ディートハルトの魔石を無駄にはしたくない。

ミリエラが使うと知って、ディートハルトは張り切っているらしい。

訓練にもますます身が入るというわけで、ディートハルトの指導係はミリエラに感謝しているそうだが、その分こちらも結果を見せなければという焦りが生まれてくる。

「うーん、うーん」

やみくもにマナを注ぐのはやめることにした。二回、マナを注いだ時のことを思い出す。

最初は勢いよく注いでみた。それから、少しだけ注ぐようにと言われたから、一瞬だけ注いでみた。それでもまだ、多かったということなんだろう。

(……用心深く、一滴だけ)

となると、放出するマナの量をもっともっと少なくしなければならない。

糸のように細くなるまで体内のマナを練り上げる。そして、一滴だけマナを抽出したら、放出をやめる。

「……えぃ」

勢いよく注ぐと崩れてしまうので、細く、細く注いだ。ミリエラの肩越しにその様子を見ていたジェラルドは首を傾げる。

「ミリエラ、今のでマナを注入することができたのかな？」

「できてるよ。でも、ほんのちょびっと、ね」

ミリエラのマナを注いだ魔石を取り上げて、しみじみと観察している。

「――私も、やってみようか。実は、スライムの魔石を少し取り寄せていてね」

「ディーの魔石じゃなくて？」

「殿下の魔石は、ミリエラのために持ってきてくれたものだろう。それを、大人が取り上げるわけにはいかないから」

たくさんあるから、ジェラルドも有効活用すればよさそうなものなのに、ディートハルトに気を遣っているようだ。

一度立ち上がったジェラルドは、木箱を持って戻って来た。その中には、三十個ほどのスライムの魔石が入っている。

「少しってどのくらいかな」

「少し、うんと少し」

うーんと首を傾げながら、ジェラルドは魔石にマナを注いだ。ミリエラの目にだけ見える銀色がジェラルドの身体全体を包み込む。

「――あっ」

あっという間にスライムの魔石は溶け落ち、ジェラルドは、はぁと息をついた。

「だいぶ絞ったつもりだったんだが」

「今の、多いと思う――パパ、もう一度やってみて」

「わかった」

ジェラルドは再びマナを注入しようとし――ミリエラはそれを止めた。

「パパ、まだ多い。もっと少しでいいの」

「……難しいな」

「もっと、ちょっと。うんと、ちょっと」

「ああ、そうか。ミリエラは、マナの量が見えるんだったね――このくらいか？」

「もっと絞って！」

何度か同じようなやり取りを繰り返し、ほんの少しだけ、スライムの魔石にマナを注入することに成功した。

ジェラルドは、額ににじんだ汗をぬぐった。

「――これは、難しいな。ここまで、注入するマナの量を絞るというのも……それに、注入できるマナの量が少なすぎて、私もどこまでマナを注いでいいのか見極めるのが難しい」

しばらく休んでいたとはいえ、ジェラルドは高名な錬金術師だ。

そのジェラルドが難しいというほどなのだから、スライムの魔石は、やはりなかなか厄介な存在らしい。

「……でも、まだ入るよ」

それは、ミリエラにだからこそわかるものだった。精霊眼を持つミリエラには、わかる。

スライムの魔石に注入できるマナの量はたしかに少ないけれど、もう少しできるはずだ。

先ほど自分でマナを注入したスライムの魔石を取り上げ、もうちょっとだけ注いでみる。

(……もう少し、もう少しだけ)

これ以上注いだら壊れてしまいそうというところで、マナの注入を止めた。

「これならわかる?」

「うーん……たしかにマナは注入されているようだが、これを使うのは難しいな」

「だよねぇ」

火の属性を持たせた魔石は、加熱調理機や暖房に使われることが多い。

だが、中に注入されているマナの量がこんな少量では、ほんのり温かくなる程度だ。それに、あまり長い時間はもたない。せいぜい一、二分というところか。

（……これじゃ、使い物にはならないな）

もう少しマナを注ぐことができれば――なにかに使うことができるだろうに。

うんうんと魔石を見ながら考え込む。

考えて、考えて、考えるけれど結果は出ない。

結局、昼食の時間になっても答えを見つけることはできなかった。

がっかりしていたら、ジェラルドがそっとミリエラの肩に手をのせる。

「ミリエラ。錬金術というものは、一日で結果が出るものではないよ。焦ることはない。君にはまだ、たくさんの時間があるのだから」

「そういうものかなぁ」

「そういうものだよ。私だって、たくさんの失敗をしてきた」

「パパも？」

ジェラルドが、たくさん失敗をしてきたとは思わなかった。ミリエラの知る父は、偉大な錬金術師であったから。

「そうだとも。それはもうたくさんの失敗をしてきたんだよ」

ジェラルドでさえも失敗するというのなら――俄然やる気がわいてきた。どうせ、誰も使わず、ほとんどごみのような扱いの魔石なのだ。

実用には向かないかもしれないけれど、スライムの魔石の使い道を研究することは、ミリエラが今後錬金術師としてやっていくための土台となるだろう。

考えて、調べて、実験して、そしてまた考える。この繰り返しは、無駄にはならないはずだ。

ジェラルドが仕事をしている横で、ミリエラも実験を続けること一週間。ようやく、ひとつの結果を出すことができた。

基本的にスライムの魔石には、少ししかマナを注ぐことができない。ニコラの手も借りて実験してみたけれど、ニコラにも「ちゃんと注げているのかどうかよくわからないくらいの量ですね」ということだった。

幸い、ミリエラはマナを見ることができる。何度か実験を繰り返し、時には失敗するうちにスライムの魔石に注ぐマナの量を調整できるようになった。

(水辺に住んでいるっていうから、水属性だろうと思っていたけど、ここまでとは思っていなかったな)

魔物によって、相性のいい属性、悪い属性があるというのはよく知られている。

だが、スライムの場合、水属性だけが突出して相性がいいのだ。水属性ならば、他の属性の倍程度のマナを注入することができる。

倍程度といったところで、元がたいしたことはないのだからやはり、有効活用できる程度のものにはならないのだけれど。

訓練を終え、スライムの魔石を届けがてら遊びに来たディートハルトは、ミリエラの前に積み上げられたスライムの魔石に目を丸くした。

「すごいな、こんなにたくさんのスライムの魔石にマナを注入できたのか」

「あのねえ、ディー。水属性ならスライムの魔石にちょっとだけ多く入れることができるの。これは、全部水属性」

魔石を素材に加工するためには、まずなんらかの属性を持たせるためのマナを注ぎ込む必要がある。属性を持たせてから加工するのが基本だ。

錬金釜に入れてからも、マナを注ぐことはあるが、それは魔石と他の材料を融合させるため。溶かしてから属性を持たせようとしても難しい。

「でも、まだなにに使ったらいいのかわからないんだ」

スライムがどこにでもいる魔物のわりに、誰もスライムの魔石を利用しない理由がよくわかった。もっと使い勝手のいい魔石が他にもいろいろあったからだ。

長年の研究の結果、その用途に最適な魔石というのも導き出されている。たとえば、冷蔵庫に使う魔石はビッグホワイトベア、冷凍庫の機能も持たせるとしたらギャングフィッシュの魔石がふさわしいというように。

「ミリィの教材にしてくれたら、僕はそれで十分だよ。使ってくれる人がいると思うと、訓練にも身が入るからね」

今日もディートハルトはボウル一杯分のスライムの魔石をお土産に、この屋敷を訪れていた。

週三回ほど遊びに来ている気がするが、友人に会えるのでミリエラも嬉しい。

「そうだ、カーク。剣の相手をしてよ。僕、だいぶ上達したんだ」

「おし、任せろ！　俺も来年はスライム退治だからな！」

たいてい、こうしてふたりが剣の打ち合いを始めてしまい、ミリエラはそれを見ていることになるのだが。

この国では、七歳になるまでは、魔物の討伐には参加させないという暗黙の了解があるらしい。どれほど強くてもそれは変わらないそうだ。

（たぶん、今の実力でも、カークはスライムくらいなら問題ないんだろうな）

ひとり、取り残された形のミリエラは、ふたりが剣を打ち合わせる高い音が響くのに耳を傾けながら、ふたりの様子をじっと観察していた。

『ミリエラよ』

不意に、エリアスの声が耳に響く。

日頃は他の人の目には見えないけれど、エリアスは常にミリエラの側にいる。ミリエラはその存在を見ることができるけれど、他の人達には無理だというのがもったいないなと思う。

「どうしたの？　出てくる？」

ミリエラは手を差し出し、エリアスとの契約の言葉を口にした。とたん、巨大な白い猫がミリエラの前に出現する。

「ずいぶん悩んでいるようだな」

「うん。スライムの魔石って、本当に使い道がないんだよねぇ……」

もう少し水属性のマナをたくさん込めることができたなら、冷蔵庫の動力源として使うことができたのに。ビッグホワイトベアの魔石よりも安価に入手することができるから、庶民の間にも冷蔵庫がもっと普及すると思う。

「そのままの形で使う必要はないのでは？」

「そのままの形？」

「ああ。マナを注入した魔石は、他の素材と合成することができるだろう。人間の使う魔道具も、そうやって使っているのではなかったか？」

「あ、そうか」

ランプの光源や、冷蔵庫のエネルギー源などは、そのままの魔石をはめ込んだだけであるが、他の魔石や材料と合成する使い方もある。

そのいい例をミリエラは知っている。

「記録板！」

あれも、いくつかの魔石やその他の素材を合成し、音や映像を記録する能力を持たせたものだ。

そのままのスライムの魔石は使えないけれど、魔道具の素材としてなら使い道があるかもしれない。

「ありがとう、エリアス」

「なぁに、我の言葉が助けになったのならよいさ」

それなら、わざわざ姿を見せなくてもよかったのではないだろうか。ミリエラとは、そのままでも会話ができるようだし。

だが、まだ精霊の世界に帰るつもりはないようで、エリアスはミリエラの横に腰を下ろすと、のびのびと四本の足を伸ばして息をついた。

「まだ、ここにいても大丈夫?」

「そなたのマナには、まだまだ余裕があるだろ?」

「あるけど」

エリアスに寄りかかるようにして、ミリエラはほっと息をついた。その間も、頭はめまぐるしく回転している。

スライムの魔石を、どうやって使うのが一番いいんだろうか。

そんなミリエラの心を知っているのかいないのか、エリアスは赤い舌を出して、鼻先を舐めた。

「そなたの友人達の様子も、少し見ておきたいのだよ。そなたにとって、害をなす存在になるかもしれないからな」

「それは失礼だと思うな」

カークにしても、ディートハルトにしても、ミリエラにとっては大切な友人だ。

だが、ふんと鼻で笑ったエリアスは、ミリエラの頬に舐めたばかりの鼻先を押しつけてきた。

エリアスの鼻は少ししめっていて、ひんやりとしている。

「だが、精霊を見ることができる目を持つ者は貴重なのだよ。そなたの友人達が、それを利用しないとは言いきれまい」

「やっぱり、エリアスは失礼だ――でも、その気持ちが少しだけわかる、かも……心配してくれているんだよね」

人間がどれだけ弱い存在なのか。一度目の人生でも、ミリエラは幾度となく見てきた。

自分の失敗を他人に押しつけたり、目障りな相手を陥れようとしたり。そんなことを当たり前のように見てきた。

今、この屋敷で暮らしている人やディートハルトのことは信じているが、エリアスがミリエラを心配する気持ちもわかる。人間が、いつ、変わるかなんて誰にもわからないのだから。

「あ、エリアスだ！　なんだよ、お前、最近マナの練習の時くらいにしか来ないのにさ！」

「いつ、こっちに来たの？」

エリアスの出現に気がついたらしい少年達は、熱烈に打ち合っていた剣の稽古をやめてこちらに走って来た。

「たった今さ。そなたらの様子も見たくてな」

「僕は――スライム退治が一発でできるようになったよ！」

「俺は、来年連れてってもらうって約束した！」

巨大な猫という普通では見ることのできない存在に、カークもディートハルトも夢中である。

（様子を見に来たのは間違いないんだけど、さ）

ミリエラは心の中でつぶやいたけれど、あえて口にはしない。

エリアスに完全に信頼されているわけではないと、子供達に知らせる必要なんてない。

「あ、ふたりとも汗がすごい――タオル使う？」

「ありがとう！」

今は真夏で、外で過ごすには若干暑い。

ミリエラの周囲は、風の精霊達が涼風を運んでくれるから、周囲より数度体感温度が低いのだが、剣を打ち合っていたふたりは別だ。

受け取ったタオルでごしごしと顔を拭いているふたりを見ながら、ミリエラは考え込む。

剣の稽古のあとひんやりとしたタオルで汗を拭くことができたら。ものすごくさっぱりするのではないだろうか。

「――決めた！　ミリィ、タオル作る！」

立ち上がり、宣言したミリエラに、ふたりともびっくりしたような目を向けた。

「タオルって、ここにあるのに」

「違う違う、冷たいタオルを作るの！」

ディートハルトに向かって、指をぶんぶんと振り回す。

そうだ、冷たいタオルを作ろう。そうすれば、真夏の稽古だって少しは涼しくなるはずだ。水属性を持たせられるのだから、冷たいタオルを作ることができるはずだ。

採算については考えなくてもいい。まずは、ディートハルトの取ってきてくれる魔石を有効活用したいだけなのだから。

「いいな、それ。騎士団の人達も欲しいと思うぞ」

カークが賛成してくれたので、ほっとする。カークも欲しいというのなら、やってみるだけの価値はある。

そして錬金術は忍耐だということをミリエラは改めて実感させせられた。

（まず、スライムの魔石をうんとうんと薄くするでしょ）

マナを流し込んだスライムの魔石を、タオルと合成するためにマナを使って薄く加工しようとする。だが、スライムの魔石はそのとたん崩れてしまった。もろいにもほどがある。

（うーん……）

ジェラルドの仕事部屋に行き、棚の本を見ながら考える。

マナの注入はできているのに、加工しようとすると崩れてしまう魔石。この魔石を加工するには、どうしたらいいんだろう。

本棚の前でうんうんと考え込んでいたら、ミリエラの様子がおかしいのに気づいたらしいジェラルドが席を立って近づいて来た。

「ミリエラ、なにを悩んでいるんだ？　私で、相談に乗れるかな？」

「えっとね、パパ。スライムの魔石を加工したいの。でも、マナを流して形を変えようとすると、また崩れちゃうんだ」

「スライムの魔石は、弱いからな……そうだ、そういう時は溶液を使うという手があるよ」

「そっか、その手があったか！」

魔石を溶液に溶かすと、加工しやすくなることもある。一人で錬金窯を使うことはできないから、失念していた。

武器や防具の鎧にその溶液を塗り、さらに加工することで強度を持たせたり、武器の切れ味をよくしたりするのに使うこともある。

それならば、溶液をタオルに染み込ませてみたらどうだろう。

ジェラルドの手を借り、錬金釜でぐらぐらと煮立っている溶液の中にそっとタオルを浸け込む。そして、マナを流し込み、溶液をタオルに定着させる――これで完成、のはずだったのだが。

「……がっさがさ……！」

「これでは、タオルとして使うのは難しいかもしれないね」

ふわふわの上質なタオルに溶液を染み込ませ、定着させたものを乾かしたら、タオルががさがさになってしまった。これで顔を拭いたら、顔がひりひりしてしまいそうだ。

「うーん、じゃあさ。溶液をうんと細く細く固めて、糸にしてみたらどうだろう」

「ミリエラがやってみたいというのなら、やってみるといいよ」

溶液である程度補強はできるはずだから――と、次の実験に進んでみる。

「マナを錬金釜に注いで――そう上手だね。細い糸になるように、一定の力加減を保って」

「……うん、こんな感じ？」

今度は、錬金釜の中のスライムの魔石の溶液にミリエラのマナを注ぐ。少しずつ固まっていった溶液は、糸の形になって錬金釜の底に渦を巻いていた。

「――できた！」

あとは、これを職人に渡して、タオルにしてもらおう――と思っていたが甘かった。

固めて持ち上げたとたんもろもろと崩れてしまい、灰のような粉になってしまったのである。

「ううう……」

スライムの魔石そのものを糸にするのではなく、やはり布に吸い込ませるべきだろうか。だが、タオルに普通に染み込ませたら顔を拭くのには向かない仕上がりになってしまった。となると、違う布にした方がいいだろうか。

考え始めてから三日目。

すっかり眉間にしわを寄せてしまっているミリエラの前に、ジェラルドは様々な種類の糸を置いた。

「ミリエラ、これらの糸に溶液を染み込ませてから、織ってみてはどうかな？　溶液そのものを糸にして織るのではなく、他の糸に染み込ませてから織るんだ」

「……いいの？」

ミリエラはジェラルドを見上げる。彼は、とても真剣な顔をしていた。

（パパが、私のためにこんなに一生懸命考えてくれている……）

それに気づいたら、急に胸が熱くなった。

元々、スライムの魔石は実用には向かないというのが、研究の結果だった。

ミリエラより前に、スライムの魔石にどの程度までマナを注げるのか気づいた人はいたかもしれない。だが、マナを注いだところで、実用化できるほどの量をためられるわけではない。

その結果、スライムの魔石は誰にも見向きもされないものとなった。

子供のお遊びに過ぎないというのに、こんなに一生懸命付き合ってくれるとは思ってもいなかった。

「やってみる！」

「そうか。それならよかった。錬金釜を火にかけようか」

仕事部屋に行き、錬金釜を火にかける。そこに溶液を注ぎ込み、煮立ったところで、スライムの魔石を放り込む。

「スライムの魔石を溶かして――、ぐるぐる回して――だったよね、パパ」

まだ、ミリエラは錬金釜をひとりで使うことは許されていない。父が魔石を溶液に放り込んだところで、ミリエラは錬金釜にマナを流し込む。マナの力によって、ぐるぐると回された魔石は、次第に溶液に溶けていき、最後は消えた。

伝手《つて》をたどり、ジェラルドは、様々な種類の糸を集めたようだ。

絹、綿、麻といったよく見る素材だけではない。魔石を加工して作った糸だの、魔物が吐き出す糸だのとそれこそ何十種類もの糸がずらりと並んでいる。

父は糸を釜に入れ、ミリエラが錬金釜にマナを流し込む。そして、マナで糸に溶液を定着させたら、引き上げる作業を繰り返す。

（……パパと、仲良しになったみたいで嬉しい）

父との共同作業の時間を、ミリエラは思いきり堪能した。

そして、さらに数日後。

ミリエラの元には、様々な糸から織り上げられたタオルが届けられていた。

一番使い勝手がよかったのは、意外にも綿の糸であった。もっとマナの定着率がいい素材もあったのだが、どうしても他の素材だとがさつきが発生してしまう。だが、また新たな問題が起きた。

「パパ、これじゃ使い物にならないよ……」

見た目はタオルで肌触りも悪くないが、まったく水を吸い込まない。これでは、汗を拭くことができない。

「――でも」

往生際悪く、ぺちぺちとタオルの表面を叩きながら考えた。ここまで来たのだから、どうにか使えないだろうか。

（水は吸わない、けど……ひんやりはしてる）

うーん、と考え込む。吸水性皆無な冷たい布なんて、使い道あるだろうか。

スライムの魔石をまとったタオルにマナを流すと、ひんやりする。注ぐマナの量はさほど多くはない。

タオル一枚分をひんやりとさせるのに必要なのは、魔道具のスイッチを入れる程度のマナ。

マナリングを使っている人でも、問題なく冷たくすることはできる。

今日も、ディートハルトとカークが剣を打ち合っているのを眺めながら考えた。どうやったら、これを上手に使えるだろう。

「ミリィ、今日もまだ考えているの？」

稽古を終えたディートハルトが近づいて来た。カークは、ミリエラの側に置いてあったタオルに遠慮なく手を伸ばした。

「おう、これ冷たい！　すっごい気持ちいいな！」

畳んだタオルにほおずりしたカークは、歓声をあげた。

「本当だ。これ、首に巻いてもいいかな？」

ディートハルトの方は、畳んだタオルを頬に当て、それから首筋に滑らせた。汗は吸わないが、気持ちはいいらしい。

「首に巻くの？」

「うん。ここを冷やすと涼しくなるって聞いたことがあるから」

「いいよ。それはディーにあげる」

細く折ったタオルを首に巻きつけたディートハルトは満足そうであった。ふぅと息をついて、用意されていた水をごくごくと飲み干す。

（……そう言えば、前世でも似たようなものを見たことがあったな）

前世、暑さ対策グッズのところに、水を含ませることによって冷たくなる冷却グッズがあったことを思い出した。たしか、首に巻きつけて使ったような。

置いてあったタオルを手に取ったカークもディートハルトも、夏の暑い日差しの下でもひんやりとしているタオルが気に入ったらしい。

（……首に巻く必要もないよね。他のものに巻いてもいいわけだし）

前世では、保冷バッグというものがあった。今のところ、こちらの世界では似たようなものは見かけていない。

――もし、もしも。

ひんやりさせたタオルに包んでおけば、お弁当が傷むのを防ぐことができる。包みに使うならばタオルより、ハンカチだろうか。

溶液に溶かす前、スライムの魔石に水属性を持たせたマナを注ぐ準備だけは少し大変だが、一度魔石にしてしまえば、そこからあとの加工はさほど難しくない。

そして、主な材料はスライムの魔石と綿の糸だから、かなり安価に作ることができる。今まで採算性は気にしていなかったけれど、これなら庶民でも手が出せるのではないだろうか。

「殿下、中にお入りになりませんか？」

剣の稽古を終えたのに気づいたらしいジェラルドが出てくる。彼に向かい、ミリエラはタオルを差し出した。

「――パパ。これ、お弁当包みに使えないかな？　お昼までひんやりしてたら傷みにくくなると思うの」

　このあたりでの昼食と言えば、パンに具材を挟んだサンドイッチが一般的である。

　薄くスライスした食パンに挟む場合もあるが、楕円形のパンに切り込みを入れ、間に具材を挟んだものや上下に切った丸パンに挟んだものなどもある。

　料理人が昼食の時間に合わせて作ってくれるから、ミリエラの家では弁当は必要ないが、庶民は朝作ったサンドイッチを籠に入れて布をかけておくことが多いらしい。

　夏の間はできるだけ涼しいところに置いておくそうだけれど、この布があればいくらかはましになるはずだ。

「すごいんだぜ、首に巻いておくとずっとひんやりしてるんだ」

「マナが切れたら、新しく足せばいいし……侯爵、これ、欲しい人はたくさんいると思うんだ。何枚かこのタオル分けてもらえないかな」

　便利なのは、ぬるくなったらマナを流せばすぐにひんやりすることだ。

　マナの量も少しでいいから、マナリングを使っている人でも問題なく冷却できる。

　耐久性についてはまだ実験の段階だが、さほど高価な品ではないから、十回も使えれば上等ではないだろうか。

「……これは、すごいね」

　ミリエラの差し出したタオルを見た父は、目を細くした。喜んでくれているようだ。

「水筒を包んでおいたら、お昼までひんやりよ。籠にかけておいたら、お弁当も傷みにくくなると思う……ううん、直接サンドイッチを包んだ方がいいかも。だから、タオルじゃなくてハンカチにしたいの」

「わかった。知り合いに相談してみようか」

父の発言に、ミリエラは安堵した。


それから十日後。

ミリエラの姿は街中にあった。側にはカークがいる。

「お弁当は、いかがですかー？　お昼までひんやりですよー？　おいしいお弁当は、いかがですかー」

父の知り合いの屋台で、道を行く人達に声をかけさせてもらう。お昼までひんやり、という言葉に見ている人達の視線が止まる。

「本当に、お昼まで冷たいままなの？」

「うん。もし、ぬるくなったと思ったらマナを流せばいいの。この端の色が違うところを握ってね」

実験を繰り返した結果、マナの流れる方向を一定にした方が、持続効果が高いということもわかった。そのため、四隅のうち一か所だけは淡い色がつけてある。

「サンドイッチの中身はなにかしら」

「野菜サンドとハムチーズサンド、それに、ルコック鳥の焼肉サンドの三種類！」

ルコック鳥とは、このあたりでしばしば目撃される魔物である。

前世の動物でいうとダチョウに似ているだろうか。首が長く鋭い嘴を持つ。ダチョウと違い、飛ぶこともできるが、身体が大きい分飛ぶことは好まないらしい。

地面を疾走する速度は、全速力の馬と同じくらいであり、肉はたいそう美味である。時々、侯爵家の食卓にものぼるが、牛肉の二倍ほどの価格で取引されているようだ。

「わ、本当に冷たい！」

「この布、マナを流すとまた冷たくなりますよ」

「それは便利だなぁ。よし、二セットくれ」

「かしこまりましたぁ」

ミリエラは、領主屋敷から出たこともなかったから、街の人達はミリエラの顔を知らない。

ミリエラの様子を見て、カークもまたにこにことしている。

ミリエラを飛び越え、店主の方に声をかける人まで現れ始めた。

「なあ、店主。この布だけ買えないか？」

「悪いな。弁当とセットなんだよ」

今日売り出したばかりなのに、布だけでも欲しいという人が出るのは想定外だった。失敗したな、と思いながらミリエラとカークは弁当屋の手伝いを続ける。

「――すまない、もう今日は売り切れなんだ！」

販売を始めて一時間後。あっという間に屋台のサンドイッチは売り切れてしまった。売り切れたのは、もしかしたら保冷布の方が目当てだったのかもしれない。

「お前、あんな布どこで見つけてきたんだよ！」

「どこで買えるのか教えろ！」

近くに屋台を出していた店の店主達がこちらに押しかけて来た。

（あ、失敗した……）

ミリエラは反省した。

顧客がここの屋台に集中してしまったのだ。他の屋台の主《あるじ》達が、面白くないと思うのも当然だ。

「それは、まだ言えない――」

「教えろって！」

「自分だけ、得をするつもりなのか？　あの布があれば、皆、もっと弁当の売り上げを上げられるだろうに」

店主に食ってかかっている者達の中には、拳を振り上げている者もいた。このままでは、喧嘩になってしまいそうだ。

「喧嘩はダメ！　ダメだってば！」

「子供は黙ってろ！」

押しかけて来た店主のうちのひとりに怒鳴られ、ミリエラは首をすくめた。今日は手伝いだから、領主の娘ということは誰にも知られないようにしてここに来ている。

今、騒いでいる者達からしたら、ミリエラは邪魔な子供でしかない。

「おじさん達、喧嘩はダメだって言ってるだろ！　騎士団が来るぞ！」

そう叫んだカークは、ミリエラを引っ張って屋台の陰に逃げ込んだ。

喧嘩の声がミリエラを怖がらせると思ったのか、ミリエラを覆うようにしてから、ぎゅっと身体に腕を回してくれる。彼なりに、かばっているつもりらしい。

「ミリィ、悪いことしたかな……」

「そんなの、騒ぐ方が悪いに決まってるだろ。ほら、父上達が来た」

騒ぎを聞きつけたのか、離れたところから警護していた侯爵家の護衛騎士達が、こちらに向かってくる。騎士団の姿を見たとたん、喧嘩になりそうだった屋台主達はしんとしてしまったのだった。

＊　＊　＊

ミリエラの初作品は、〝保冷布〟と名づけられた。一度マナを流せば、数時間は冷たさを保つ優れモノだ。

その試験販売は、知り合いの屋台主に頼むことにした。彼の屋台ではサンドイッチを売っているのだが、そのうちの半分を保冷布に包んで売ることにしたのである。

ミリエラは屋台の手伝いに行ったけれど、ジェラルドは、屋敷で待つことにした。自分の容姿が目立っているのはよく知っている。

彼が様子を見に行けば、屋台に領主が関わっていると周囲に知られることになると思ったのだ。

だが、なにか問題が発生したようで、オーランドが屋台の主を連れて屋敷に戻って来た。

「どうした。なにか問題があったか？」

「いえ、うちとしては売り上げが上がるのは大歓迎なんですが。他の屋台と差がついてしまうのは――」

侯爵家で働いている者の親戚に、保冷布の実験に付き合ってもらった。それがこの屋台主である。

もちろん、謝礼は払って頼んだのだが、周囲の屋台からは公平ではないという声があがったそうだ。保冷布の仕入れ先を教えろと、詰め寄られて困っているらしい。

「わかった。どうすればいいか数日考える。今回は、実験に協力してくれて助かった」

屋台主には丁寧に礼をし、謝礼も渡し、なにかあれば領主屋敷に連絡するようにと言って帰す。

（さて、どうしたものか）

ミリエラの探求心には、目を見張るものがある。

錬金術を基礎から学ばせてはいるけれど、あそこまで忍耐力があるとは思ってもいなかった。

自分の望んだ結果が出るまで何度でもチャレンジを繰り返すことができるというのは、ミリエラの美点だろう。

（——それにしても、マナの扱いにかけては天才という他はない）

精霊を見ることのできる特殊な目を持って生まれてきたというのもあるのだろう。だが、ミリエラはそれだけではなかった。

マナの流れを把握し、適切にコントロールする。その巧みさはすでに熟練の錬金術師の域に達していると言っても過言ではない。

細く、細く、彼女の目には髪の毛ほどの太さに見えるほど細く絞り出したマナをそっとスライムの魔石に流し込むこともできる。

誰も、そこまで細くしようとしなかったのは、スライムの魔石にさほど価値を見出していなかったからだ。

だが、スライムの魔石に水属性を持たせると、一定の冷たい温度を保つことができると発見したのは、ミリエラだった。

糸に塗布してから布にすることにより、使用時にマナを流し込んでも問題ない。ミリエラの発想力にとことん付き合った結果が、これだ。

「ただいま、パパ！」

「楽しかったか？」

「うん。ミリィはとても楽しかったよ。でも、屋台のおじさん達が喧嘩になってちょっと大変だった」

頭の高い位置でふたつに結わえた髪が勢いよく跳ねるほどぶんぶんとミリエラは首を振った。

今まで屋敷に閉じ込められていたミリエラに、少し外の空気を吸ってもらおうと思っていたのだが、ジェラルドの想像以上に楽しかったようだ。

（……子供は、日々成長していくというのは本当なんだな）

ジェラルドの目の前で、床に寝そべったミリエラは、スケッチブックになにやら書きつけている。

「ねえ、パパ。保冷布にこうやって刺繍をしたらどうなるかなぁ？　可愛い刺繍が入っていたら、皆欲しくなると思うの」

年齢に見合わない落ち着きと、視野の広さを見せるミリエラであっても、絵心までは持ち合わせていないらしい。

スケッチブックに描かれたぐにゃぐにゃした物体はなんなのか、ジェラルドには理解できなかった。

「これはなに……かな？」

「やだな、パパ。お花でしょ！　黄色いのとピンク。薔薇の精霊なんですけど！」

自分の絵が他人には理解できないものであるということが、ミリエラには不服だったようだ。ぷくっと頬を膨らませて、スケッチブックをお腹側に向けてしまう。

「……ごめんごめん。それ、もう一度見せてくれるかな？」

言われてみれば、手足と思われる部分――それに、ふわふわとした花弁、だろうか。その先から足が出ているということは、花弁がスカートだろうか。

「ミリエラ、このままでは刺繍にするのは難しいと思う。私が、描き直してみてもいいかな」

「難しい？」

「うん。王宮の職人ならできるかもしれないけど、これだけ細かく刺すのは手間がかかる――もう少し簡略化した方が、皆の手に届きやすい値段に抑えられるはずだ」

「皆、欲しい？」

パッとミリエラが目を輝かせる。そうしている様は、まさしく年頃の女の子だった。

「もちろんだとも――少し、待っていなさい」

ミリエラが気合を入れて描いたであろうことは、容易に想像できる。

花弁と思われる部分も、クレヨンを重ね塗りしたり、細かく色を分けたりして、濃淡がきちんと描き分けられていた。

どうすればよく見せることができるのか、その技法についてはわかっていても、形を整えるというところにはミリエラの才能は及ばなかったらしい。ミリエラの描いた絵を見ながら、簡略化したデザインに仕上げていく。

「これで、どうかな？」

「可愛い！」

ミリエラが描いた細長い物体そのままではなく、全体的に丸みを持たせた。頭は大きく、三頭身。短い手足、ひらひらとした花弁。

（気に入ってくれるか心配だったが――よかった）

ミリエラは思ってもみない行動に出るから、彼女がなにを欲しがっているのか、よくわからないことも多い。

それは、生まれてから五年の間彼女を放置し続けたジェラルドの責任ではあるが、そんな彼にも、ミリエラは寄り添ってくれる。本当に、彼女にはかなわない。

（まるで、姉のようだ――やはり、母子ということか）

姉のようにジェラルドに接するのは、アウレリアもよくやっていた。彼女の方が年下だったくせに。

それだけ、ジェラルドが頼りなかったのだろう――あの頃は、アウレリアが側にいてくれればそれで十分だった。

だが、今は違う。ジェラルドにも守るべきものがある。

「パパ、お弁当と一緒じゃなくて、保冷布だけでも売れるかな？」

「売れるさ。このデザインだと子供向けっぽいから、大人向けのものも考えてみようか」

「わかった。やってみる！」

ミリエラの目が輝き、そして再びスケッチブックに向き直る。床の上に寝そべり、足をぱたぱたとさせている姿に、ジェラルドは目を細めた。

（私は、なんて幸せなのだろう）

一度は遠ざけたのに、こうしてミリエラの方から近づいてきてくれた。彼女の行動がなかったら、今のこの幸せはあり得ない。

今度は、自分が守るから。ジェラルドはそう決意する。

今まで、頼りない父親だった分、今度は自分が守ってみせる。

第六章　ミリエラ、新しい発明をする

〝保冷布〟は、グローヴァー領で大流行りとなった。

今のところ、スライムの魔石にマナを注ぐことができるのはごく少人数の者だけであるが、出来上がった溶液を糸に定着させるのも、織るのも、ハンカチに仕上げるのも他の者に任せることができる。

ミリエラの指導により、領内で暮らす子供のうち三人が、スライムの魔石にマナを注ぐことができるようになった。子供にとっては、いいお小遣い稼ぎになる。

さらに魔物退治を許されるようになった子供達が、どんどんスライムを狩りに行くようになったが、スライムはものすごく繁殖力が強いから、子供達が取り尽くしてしまう心配もない。

「パパ、もっとたくさん保冷布を作りたい——雑貨屋のおばさんが、もっと入荷してほしいっていうの」

結局、あちこちとやり取りした結果、保冷布製のハンカチは領内にある雑貨屋に公平に卸すことにした。一般の人も、保冷布のハンカチだけを買うことができるようにしたのである。

それだけではない。めざとい商人の中には、ハンカチではなく保冷布そのものを仕入れに来る者も現れた。保冷布そのものは、ジェラルドの魔道具を扱っている商会を経由して、商人達に卸すこととなった。

この地は、王都に次いで錬金術師や魔道具師が多く暮らしているから、この地から全国に広がる新しい発明品も多い。そのため、この地の動向に常に注意を払っている商人もいるそうだ。そのためか、保冷布の生産が追いつかないほどで、ミリエラ達は嬉しい悲鳴をあげることになった。

「ミリエラ。まだ、やらないといけないことがたくさんあるだろう。そうだ、私にも、スライムの魔石にマナを注ぐ方法を教えてくれるかな？」

ミリエラは、他人のマナの流れを見ることができるという特別な目を持っている。

ジェラルドは、ミリエラにマナの量を調整してもらいながら、スライムの魔石を崩すことなくマナを注ぐ方法を身につけるつもりらしい。以前何度か試してはみたが、完全に身につけるところまではいかなかったのだ。

（パパを、こういう風に働かせたかったわけじゃないのになぁ……）

ジェラルドがやる気になってくれたのは嬉しいが、スライムの魔石にマナを注ぐなんていう地味な仕事をやらせるつもりはなかった。

「パパ、もっと細く。もっと細く。もっとよ」

「……難しいな」

「スライムの魔石は繊細なんだから、そっと入れて」

「こうかな――うわ」

ジェラルドが注いでいたマナで、魔石はあっという間に崩れてしまった。ミリエラは、くすくすと笑う。

「難しいでしょ」

「ミリエラの言うとおり、とても難しいね。でも、なんとなくコツは掴めてきた気がするよ」

スライムの魔石にマナを注ぐには、指先から放出するマナを思いきり細くし、ほんの少しだけ注がなくてはならない。

溶液に溶かしてからマナを注げばいいのではないかと思って試してみたけれど、そうなってからではマナを受けつけなかった。順番は、きちんと守らなければならないということらしい。

「もっと細く、もっと――そうそう、そのくらい。あ、ストップ！」

マナを一度に注入しすぎたら、再び崩れてしまう。ジェラルドの額に汗が浮いているのに気づいて、ミリエラはハンカチで拭ってやった。

「ありがとう。もう一回試してみよう」

細く細く。マナを細く絞って注入する。そして、注入終了。

「どうかな？」

「うん、このくらいでちょうどいいよ！」

にっこりとしたミリエラに、ジェラルドも微笑みを浮かべた。どうやら、コツを掴み始めたようだ。

「もう一度やってみよう――これで、どうだ」

「すごいよ、パパ。完璧！」

やはりジェラルドは天才錬金術師なのだ。マナのコントロールに長けている。完璧にマナを注がれたスライムの魔石を手に、ミリエラはにっこりとした。

「これは、マナをコントロールするいい練習にもなるね」

もう一度汗を拭い、ジェラルドはつぶやいた。

「マナのコントロール？」

「そう。錬金術師がマナを注ぐ際には、量を調整しないといけないからね。さすがにここまで繊細な操作をするというのはなかなかないけど――これを完璧にできるようになれば、日頃の作業ももっと楽になると思うよ」

「へぇ」

彼の言葉にうなずきながら、ミリエラは考え込んだ。

（なんていうか、この世界の人達、マナの扱いがおおざっぱなんだよねぇ……）

マナの流れを見ることができるのがミリエラだけだからだろうか。

この世界の人達は、マナを操縦することに長けてはいない。

マナ屋を営んでいる者に聞いても、魔道具の魔石にマナを補充する者にどうやってマナを注入する量を調整しているのか聞いてみても、「がっと集中してぐっと入れる」「勘です」などとあいまいな答えしか返ってこないのだ。

ミリエラを膝の上に乗せたジェラルドは、再び魔石を取り上げた。

「もし、やりすぎだと思ったら教えてくれるかな」

「うん、わかった」

ミリエラはジェラルドの指先に意識を集中する。髪の毛より細くなるほど絞られたマナが、スライムの魔石に吸い込まれていく。

キラキラとした銀の細い糸が、魔石に吸い込まれていく様はとても美しい。ミリエラ以外、それを見ることができないのはもったいないと思うほどだ。

「パパ、そのくらい」

「わかった」

たぶん、ミリエラが声をかけなくても、ジェラルドはマナの注入を止めただろう。とても要領のいい人なのだ。

ふたつ、三つと並べられている魔石が数を増やしていく。

「今日、カークはどうしている？」

「ディーが来てるから、剣の稽古。終わるまでミリィとは遊べないんだよ。つまらないね――ううん、やっぱりパパとこうしていられるから、カークが遊んでくれなくてもいいや」

ミリエラはふたりに相手をしてもらわなくても問題ないのだが、男の子達にとってはミリエラを放置している形になるのが、居心地悪いらしい。

ふたりで遊べばよさそうなものなのに、律義にミリエラを誘ってくれる。剣の稽古が終わったら遊ぼうと約束しているから問題ない。

「ミリィはここでお仕事をするのだ。パパと一緒」

「お仕事はそんなに頑張らなくていいんだよ。子供は遊ぶのも仕事なんだから——ミリエラには、勉強もあるんだからね」

胸を張ったミリエラの頭に、ポンとジェラルドの手が乗せられる。その手が温かいだけではなく、ジェラルドのマナがミリエラの周囲をくるくると取り巻いているのもわかるから、思わず頬が緩む。

並べられたスライムの魔石が十を超えた頃、仕事部屋の扉が叩かれた。入室の許可を得てから入ってきたのは、ディートハルトとカークである。

ふたりともまだ髪の毛が少し湿っているのは、稽古を終えて水浴びをしたその足でここに来たからだろう。

「侯爵、ミリィと遊んでもかまわないか」

「もちろんですとも、殿下。ミリエラ、もう行きなさい」

父が立ち上がるのと同時に、膝から滑り降りたら、ディートハルトの目が、机の上に並ぶ魔石に向けられた。

「侯爵、それはスライムの魔石だよね」

「わかりますか、殿下」

「ここに並んでいる魔石は、僕が取って来たものが大半だから。スライムの魔石だけは、他の魔物の魔石と区別がつけられるようになった」

ディートハルトは、自慢げに胸をそらす。その横でカークはちょっとばかりむっとしていた。外に魔物退治に行くことができるディートハルトとまだ行くことのできないカーク。ふたりにとってこの差は、とても大きいらしい。

あと一年もしないうちに、カークも魔物討伐に行けるようになるのだけれど。

「スライムの魔石にマナを注入するのは、とても繊細な作業です。マナのコントロールの練習になりますね」

「俺もやる！」

カークが話に割り込み、父は困った様子で、ちらりとディートハルトに目をやった。ディートハルトは、マナを持っていない人間だ。彼が気分を損ねないか心配しているらしい。

「かまわないよ、侯爵。僕がマナを持っていないのは、皆知っているしね――カークは、変に気を遣わないから、僕も楽なんだ」

「そうですか。それなら、よろしいのですが」

カークの父、オーランドは、体内にまったくマナを持っていない。

十人にひとり程度とはいえ、マナを持っていない人間は、細かなところで差別の対象になることもあるそうだ。

カークは身近にオーランドという例があるから、ディートハルトにも父親に接するのと同じようにしているらしい。それが、ディートハルトにとっては新鮮なようだ。

「うんと細く、少しだったよな――うりゃ」

「ダメ、カーク。それじゃ、多すぎ」

繊細な作業は、六歳の子供にはまだ早かっただろうか。ミリエラが止めるよりも先に、スライムの魔石は崩れ落ちてしまった。

「おおおおお？　難しいな、これ！　侯爵様、もうひとついいですか？」

「かまわないが――」

父の机に置かれている魔石を遠慮なく掴もうとしたカークの袖をミリエラは引いた。かまわないと言えばかまわないが、ここでは父の邪魔になってしまう。

「カーク、あっちでやろ。あっちで」

「……おう」

「ディーもちょっとだけいい？」

「カークが成功するところを見てみたいからね。僕もかまわないよ」

カークに付き合うとは、ディートハルトは人間ができている。

王族って皆こうなんだろうか。

床の上に輪になって座り、ミリエラはカークの前に魔石を並べた。

「これ、ディーのくれた魔石。これで足りる？」

「こんなにたくさん崩す前に、絶対に成功してやるからな！」

カークは魔石を取り上げてマナを注ぐ。崩れた。

めげずにもう一度。また、崩れた。

「もっとそっとだって言ってるでしょ！　ディーの魔石なんだから、無駄遣いしないで！」

「ほんと、難しいよ。これ――」

ミリエラは手を伸ばし、カークのおでこをぴしゃり。本当に軽くなので、痛くはない。

まだめげていないカークが三つ目を取り上げた時、無言で横から手が伸びてきた。ディートハルトの手だ。

「ディー？」

ディートハルトはカークがしているように、指先で魔石をつまんでいる。ミリエラと視線が合ったら、彼はちょっと照れたように笑った。

「スライムの魔石に注ぐマナは、本当に本当に少しだって言うから。もしかしたら、僕でもできるんじゃないかと思って」

その表情に、なにも言えなくなってしまった。

ディートハルトは、マナを持っていないことで、王位継承者から外される可能性が高くなり、グローヴァー侯爵領で暮らすことになった。

ここでは、様々な魔道具が開発されているからというのがその理由とされているが、体のいい厄介払いなのだろうなというのも、薄々と理解している。

あえてそれをディートハルトの前で言うつもりもないけれど、ディートハルトもわかっているのだろう。王宮に帰りたいと駄々をこねているところは一度も見たことがない。

ここでの生活を楽しんでいるのも嘘ではないだろうけれど、彼の中でも昇華しきれない気持ちが残っているのだろう。

「それはミリィにはわからないけど……ん？」

ディートハルトが魔石に一生懸命マナを注いでいる。というか、魔石に意識を集中している。

その彼の様子を見ていたら、妙なことに気がついた。

ディートハルトの身体にも、ジェラルドやカークと同じような銀色のふわふわしたものがあるのだ。

ディートハルトが他のふたりと違うところといえば。

父やカークは、マナが身体全体を包み込んでいるのに対し、ディートハルトは心臓のあたりで止まってしまっているということだろうか。

（これって、どういうことなんだろう？）

ミリエラは、じっとディートハルトを見つめる。

心臓のあたりに、〝銀色のふわふわ〟があるということは、彼はマナを持っていないというわけではないらしい。

「はは、やっぱりダメダメ」

やはり自分には無理なのだと、ディートハルトは魔石を放り出す。毛足の長い敷物に落ちた魔石は、音もなく敷物に沈み込んだ。

「でも、ディー。ディーもふわふわしてるよ？」

「ふわふわ？」

カークは、飽きもせず魔石にマナを注いでいる。

また、スライムの魔石を崩してしまったらしい。ちぇ、という舌打ちが、彼の方から聞こえてきた。お行儀が悪いのは困ったものである。

「うん。ミリィね、マナが見えるの。それで、ディーも、パパやカークみたいにふわふわしてる」

そう言えば、ミリエラはマナが見えるというのを、ディートハルトは知らないのだった。精霊を見ることができるのだから、それも当然と思ってくれればよいのだが。

「――それって」

「そうだよ、ディーもマナがあるってこと！」

体内にマナはあっても、外に出すことができていないだけ。それを知ったディートハルトは、ますます目を丸くした。

「お、できた！　できたぞミリィ、ディー！」

ふたりの横で、完璧に忘れ去られていたカークが、スライムの魔石へのマナの注入に成功したのを、ふたりとも見ていなかった。

「パパ、パパ！　ディーにもマナがあるよ！　よかったねぇ！」

ミリエラの声が、作業部屋全体に響き渡った。

けれど、喜んでくれると思ったのに、ジェラルドはディートハルトの前で頭を下げた。

「……ディートハルト殿下。申し訳ございません」

「どうして？　どうして、パパが頭を下げるの？」

「……ミリエラ。体内にマナがあるとしても、ディートハルト殿下はそれを放出することができない。他の人の目には、今までとまったく変わらないだろう？」

たしかに、ミリエラにはディートハルトの体内にマナがあるというのを見ることができる。だが、それはミリエラ限定である。他の人は、見ることができない。

魔道具を扱うことができないのだから、ディートハルトの人生に変化があるというわけではないのだ。マナを持っていると知ることができても、なんの役にも立たない。

ジェラルドの言葉に、ディートハルトはすぐにそれを知ったようだった。みるみる彼の眉が下がっていく。

そんな彼は見たくなくて、ミリエラは胸を叩いた。

「――ミリィにお任せあれ、だよ！　ディー、ミリィとパパでなんとかする！」

「だがな、ミリエラ」

ミリエラはもう一度、どんと胸を叩いた。

ジェラルドが困った顔をしてため息をつく。

「ディートハルト殿下を実験台にするわけにはいかないだろう――君の言っているのは、そういうことだぞ」

「……だって」

ディートハルトにあんな顔をさせてしまったのが、申し訳ないと思っているのに。

むっとしたミリエラが口角を下げ、目のあたりがじわじわと熱くなってきたのを感じた時だった。

「侯爵様、うちの父上。父上を実験台に使えばいい――父上なら、秘密は完璧に守るし」

「オーランドか。だが」

話をまったく聞いていないのかと思っていたら、しっかりカークも聞いていたようだ。

ディートハルトは、今のやり取りをどう思っているのだろうとちらりと彼の方に目を向けたら、彼もまた考え込む顔になっていた。

「侯爵――無理にとは言わない。だが、協力を頼めないだろうか。オーランドに無理をさせる必要はない。実験台は、僕が自分で務める」

「殿下の御身に危険があってはなりません」

「……無理だろうか」

うつむいたままのディートハルトを見ていると、どうにかしてあげたいという気持ちがどんどん大きくなってくる。

「パパ、ダメ？　エリアスの力も借りられると思うし、ディーに危ないことはさせないから」

「……ミリエラ、少し黙ってもらえるかな。殿下――お時間をください。私ひとりでは、結論を出すことはできません」

ジェラルドの表情の厳しさを見ていれば、ここでこれ以上の議論は無駄だということもよくわかってくる。

「無理を言ってしまったな――すまない。でも、僕にはとても大切なことなんだ」

ディートハルトの声も手も震えている。

侯爵領に追いやられるまで、王宮内で彼はどんな扱いを受けていたのだろう。友人の力になりたいと願うのは、そんなにいけないことだっただろうか。

（……今は、この空気を変えた方がよさそう）

「皆、外に遊びに行こうよ。パパ——また、あとでね」

まだなにか言いたそうだったふたりを外に追いやり、ミリエラは父親の方に目をやる。

ジェラルドは、机に置いた両腕の間に、完全に顔を埋めてしまっていた。

（難しいな……）

ジェラルドも、ディートハルトもあんな風に困らせるつもりではなかった。自分の力を、少しばかり過信してしまっていたのかもしれないと、ミリエラは反省した。


数日のうちにジェラルドは答えを出したようだった。

仕事部屋にミリエラを連れて行ったジェラルドは、真面目な顔をして口を開く。

「実験にはオーランドが付き合ってくれることになった。殿下を危険にさらすわけにはいかないからね」

最初の実験は、頑健なオーランド。彼なら丈夫だし、なにがあっても、それなりに対応できるというのが理由だ。

それから、屋敷で働いている使用人の家族の中にもマナが使えない者がいるから、彼らにも協力を頼む。その次は、グローヴァー領で暮らすマナを持たない人の協力を。安全性が確認できてから、ディートハルトの番になる。

「それで、ミリィはどうすればいいと思うんだい？」

そう問いかけるジェラルドの口調は真剣なものだった。ミリエラを、ひとりの錬金術師として扱っているような。

腕はまだまだ未熟だが、ミリエラには他の錬金術師にはない強みがある。だから、胸を張ってジェラルドの前に立った。

「まずは、体内のマナの流れを見ることができるような魔道具を作ろうと思うの。ミリィしか見えないから、誰も信じてくれないいんでしょ」

「……それからして、難しいと思うんだけどね」

「わかってる。でも——大丈夫、うまくいく気がするんだ」

その根拠なんて、ミリエラにはマナの流れを見ることができるという点しかないけれど、それが他の錬金術師にはないミリエラだけの強みだ。

知識と実践では、ジェラルドが力になってくれる。ふたりが力を合わせれば、無敵だ。

（パパと、一緒になにかをするのって——すごく、特別な気がする）

父とふたりで過ごした時間は、さほど多くない。だからこそ、こうやって協力してなにかを開発することにより、父との絆がもっともっと強くなればいいと願う。

「まず、マナが流れていたら他の人にも見えるような魔道具があればいいと思うの」

父の協力が得られなかったら、自分でどうにかしようと、返事待ちの間にもいろいろと調べてみた。

「魔石を溶かす溶液に、アカトカゲの皮を煮出して作った抽出液を加えてみたらどうかなって」

アカトカゲは、マナの多い人間に近寄ってくるという性質を持つ魔物だ。

さほど大きくなく、危険性も少ないのだが、ぬるぬるとした体液に覆われていて、触れるとその場所がかゆくなるという厄介な性質を持っている。

その上、マナを発する時には、赤く光るのだ。普段は緑色なのに、赤くなることからアカトカゲと呼ばれている。

「それから、保冷布を作る時、いろいろな材料の布を作ったでしょ。あの中で、一番マナの定着率がよかったのは、マジックスパイダーの糸だったと思う」

「……ふむ」

ミリエラの言葉に、ジェラルドは顎に手を当てて考え込んだ。もう片方の手で、空中になにやら式のようなものを書いている。こうやって、頭の中の知識を引き出しているのだろう。

「マジックスパイダーの布は、たしか、手触りがよくなかったんだっけ？」

「そう。それで保冷布には使わなかったんだけど……」

「――なるほど。色を変えるのは光属性だから魔石には光属性だな――アカトカゲの魔石にするか、マジックスパイダーの魔石にするか」

「でも、マジックスパイダーとアカトカゲの素材は、相性が悪いんだって、本に書いてあったよ」

というのも、マジックスパイダーはアカトカゲの天敵なのである。天敵とは、反発し合うものらしい。

「そうだね。媒介として、他の魔物の魔石を使うか――そうだな。最初はスライムの魔石で試してみよう」

空中になにやら描き続けていた父の手が止まった。ミリエラは首を傾げた。

「スライムの魔石？」

「水属性は、すべてを包み込むからね。スライムの魔石ならたくさんあるし、実験に使いやすいんじゃないかな」

こうして、再び実験が始まった。

実験を繰り返すこと、二週間後。試作品が完成した。

ミリエラは、腕に布をかけ、肩から指先に向けてマナを放出する。肩から手首まで覆った布の、肘のところまでが赤く発光した。

「これなら、パパにも見えるね！」

「まったく。君は。私の思っているところからどんどん先に行ってしまうね――よし、オーランドにも試してもらおうか」

早速オーランドを呼びつけ、ミリエラの作り出した布で身体全体を覆う。

「心臓からね、ぎゅーって絞るの」

「ミリエラ様の説明は、よくわかりませんね……」

「オーランド。心臓から右手首に向かって、温かなものが流れていくと想像してみてくれ」

「マナがあると赤く光るんだよ！」

ジェラルドの説明でも、オーランドはよくわからなかったらしい。だが、イメージしてみると、身体にかけた布の心臓の部分だけが赤く光ることに気づいた。

「俺も、マナを持ってたってことですね……ミリエラ様は、すごい。あの保冷布も、騎士団のメンバーの間で大人気なんですよ」

「……そっか。よかった。お弁当を包む以外にも使えるんだね」

「訓練の間首に巻くだけじゃなくて、捻挫した足に巻いたやつとか、発熱した時に額に乗せたっていうやつもいますね」

思っていた以上に、保冷布の使い方はいろいろあったようだ。

前世でも、発熱した時に使う冷却シートがあったから、似たような使い方をされているということだろうか。

これで、マナの流れを確認することはできる——思っていた以上に不格好ではあるし肌触りもよくないが、おしゃれに使うものではないので、今のところはこれで妥協するしかないだろう。

とはいえ、順調なのはここまでだった。

オーランドや、マナを持たないとされていた使用人、その家族にも協力してもらったのだが、皆、マナを持っていた。だが、心臓から流すことができないのだ。

マナを流そうとしても、心臓が苦しくなるわけではないからいいと言えばいいのだが。マナがあると認識できても、流すことはできないらしい。

「難しいね、パパ」

ジェラルドの膝の上で、こっそりとため息をつく。もっと簡単に作れるものだと思っていた。

ミリエラの頭を撫でながら、父は静かに微笑んだ。

「ミリエラ、私達の仕事はそういうものだよ。実験と失敗を繰り返すんだ。理論は完璧に構築できたと思っていても、実際にやってみるとうまくいかないことも多い」

「……そうだね」

「しばらく、私に任せなさい。君は遊ぶことも仕事なんだ……まだ、五歳。楽しいことは、他にもいろいろあるということを覚えておいた方がいい」

「うん」

もっといろいろとやってみたいことはあるのだが、身体がついてこないというのも本当だった。どうやら、子供の身体というのは正直なもので、どうしてもお昼寝の時間が必要になる。

「パパ、眠い」

「そろそろ、昼寝の時間だ。少し寝ようか」

ジェラルドの仕事部屋には、いつの間にかミリエラ専用の昼寝スペースまで用意されていた。分厚いマットレスを敷き、上にはカバーがかけられている。

そこにミリエラを横にならせると、ジェラルドはポンポンとお腹のあたりを叩いてくれた。強すぎず、弱すぎず、速すぎず、遅すぎず。ミリエラの眠気が、父の手の動きに合わせて大きくなっていく。

彼との間にあったわだかまりは、もうほぼ姿を消したと思ってもいいだろうか。

どんどん瞼が重くなってくる。父の声も、遠くから聞こえてくるものに変わっていった。

「面白そうなことをしているな」

「あれ、エリアス？」

たしかにマットレスに横になったと思っていたのに。

きょろきょろとあたりを見回したら、自分が宙にぷかぷかと浮いているのに気がついた。ここは、現実世界ではないらしい。

「人間の世界では夢だがな、我々の世界に魂だけ来てもらったんだ」

「なるほど」

どうやら死後の世界ではないらしい。まずはその点にほっとした。

「それで、エリアス。どうしたの？」

「どうしたもこうしたも。そなた、なかなか我を呼び出さないではないか」

風の精霊の王と契約したものの、マナを循環させる練習もひとりでできるようになったから、最近ほとんど呼び出していなかった。

エリアスはエリアスで忙しいだろうと思っていたのである。

だが、エリアスはそれが不満だったらしい。白い尾をぶんぶんと振り回し、ふんふんと鼻息も荒い。

「ごめんごめん、私もそれなりに忙しかったからね」

ミリエラの真実を知っているエリアスの前では、必要以上に幼く見せる必要もない。いつもは幼く振る舞っていても、今ばかりは封印だ。

「ディートハルトの件だろう」

「あれ、知ってた？」

「我はそなたの契約精霊だぞ？　そなたのことなら、大半お見通しだ」

すべて、ではなく大半らしい。ミリエラが突っ込みを入れる前に、エリアスは先に答えを提示した。

「そなたが見せたくないと思っている部分までは見られないし、我もあえてのぞこうとは思わん。共有している部分だけ自然と伝わってくると思えばそれでいい」

どうやら、精霊と契約者の間には、ミリエラの知らない自然な情報網が出来上がるようだ。

契約した時、そんなことはまったく聞かされなかったが。

今のところ返品する予定もないので、ミリエラの方からも深くそのあたりを突っ込むような真似はしない。

「私、なにかやっちゃいけないこととかしてる？」

「いや、大丈夫だ。ディートハルトの問題は、マナの流れを調えてやれば、自然と解決するだろうよ」

「マナの流れを調えるって……それが一番難しいよね」

「マナの経路が詰まっているのが問題だからな。そこさえどうにかすればあとは本人の問題だ」

マナの経路が詰まっているのが問題――それがわかっても、それ以上は手の打ちようがないのが現状だ。

「うーん、どうしようかなぁ……」

「マナを流しやすいのはミスリルと、ブラックドラゴンの牙。その他にもあるだろうが、ジェラルドの仕事部屋にある素材ではそのふたつがいいな。他の者が外からマナを揺らしてやると経路が開くはずだ」

「パパの仕事部屋まで把握してるの？」

「あたりまえだ」

ふわふわ。ふわふわ。

空中を漂うのが、ものすごく楽しい。いつもは、地上に二本の足をしっかりとつけて立っていなければならないから。

「そっかぁ。ミスリルとブラックドラゴンの牙……うーん」

頭の片隅で、なにかひらめいたような。夢だから、だろうか。

「ねえ、エリアス。今のお話、起きても覚えてられるかな？」

「大丈夫だ。ここでのことは、忘れない」

「ありがと、エリアス――ねえ、私。恵まれてるよね？」

母はいないけれど、母のように愛してくれたニコラ家族がいる。

ジェラルドとの仲も、今では良好だ。友達だってできた。自分ひとりしかいなかった前世とは大違い。とても、恵まれている。

「そなたは、心配性なのだな。今の幸せが壊れるとでも思っているのか」

「やっぱり、エリアスの目にもそう見えるよねぇ……正直言ったらちょっと心配……かな？」

時々、夢を見ているような気がするのだ。

これだけたくさんの人に囲まれて、皆、ミリエラのことを愛してくれる。

ジェラルドに連れられて町に出た時だって、皆、ミリエラを歓迎してくれた。スライムの魔石を使った保冷布の開発が、街の発展に役立ったと言って。

それに――ミリエラが生まれてからずっと引きこもっていたジェラルドが、領民達と触れ合うようになった。

幼い頃から、彼を見守って来たご老人達の目には、彼が再び皆と触れ合うようになったのが、とてもまぶしく映るようだ。

「だよねぇ、困ったなぁ」

幸せな夢は、いつか壊れてしまう――そんな予感がしてならないのは、ミリエラが心配性だからだろうか。

「そなたの夢は壊れない。それは、我が保証する」

「そう？　それなら、いいんだけどね」

くすりと笑ってミリエラは、エリアスの顎に手を伸ばした。そっとエリアスの顎の下を撫でてやると、ゴロゴロという音がする。

その音にミリエラの眠りは深くなり――今度こそ、本当に夢の世界に落ちて行った。

＊　＊　＊

「ねえ、パパ。ミスリルとブラックドラゴンの牙ってある？」

昼寝から目を覚ましたミリエラが不意にそう言いだし、ジェラルドは怪訝《けげん》な目を向けた。

「あるにはあるが……」

「それ、ミリィにくれない？」

「くれないって……ミリエラ、君が優秀なのはわかるが、とても貴重な素材なんだ。君に渡すわけにはいかないよ」

「むぅ。エリアスがヒントをくれたのに。ミスリルとブラックドラゴンの牙は、マナを流しやすいって」

精霊の加護を受けているミリエラは、普通の子供ではない——だからといって、ジェラルドが娘に向ける愛情に大きな変化があるわけではない。夢で精霊からヒントをもらったと言っても、彼は驚かなかった。

「ミリエラ。いきなりそんな貴重な素材を扱わせるわけにはいかない。まずは、どうやって使うのか考えて。必要なら実験をして——話は、それからだ」

「そっか。そうだね！」

今の今まで目を覚ましたばかりのマットレスの上で目をこすっていたのが、急に眠気がどこかに行ってしまったようだ。

マットレスから転がり落ちるようにして、ミリエラは自分の場所へと向かう。

ジェラルドの仕事部屋の一角に用意されたミリエラ専用のスペース。

そこで、ひとり遊びをする娘の姿を見ているつもりが、いつの間にか、錬金術師のスペースへと変化してしまった。

（ミリエラが、とても優秀なのはわかるが……）

ミリエラを見ていると、しばしば不安に襲われる。その不安が、ただの杞憂《きゆう》ではないことをジェラルドは理解していた。

侯爵家の娘という身分。

グローヴァー家の持つ莫大な資産。

今の段階でも、将来素晴らしい美女になることが予想される愛らしさ。

それだけでも、ミリエラを迎えたいと願う貴族の家は多いはずだ。

グローヴァー侯爵家が呪われているという噂は完璧に消せたわけではないが、それでも、侯爵家と縁続きになるのは魅力的だろう。

そして、そこにミリエラ自身の錬金術師としての才能が加わったなら。

（どんなことをしてでも、ミリエラを欲しいと思う人間が増えるはずだ――）

優秀な錬金術師を身内に持てば、莫大な財が転がり込んでくることになる。

それだけではない。

新しい技術の開発の恩恵を真っ先に受けることができる。そういう意味では、ミリエラは非常に危険な立場にあると言っても過言ではないのだ。

（アウレリア、私は――私達の娘を守るよ）

誰ひとり寄せつけず、ひとり屋敷の中で鬱々《うつうつ》としていたジェラルドの心の中に飛び込んできたアウレリア。彼女のことは、生涯忘れない。彼女の面差しを受け継いだ最愛の娘は、ジェラルド自身で守らなければ。

「パパ、あのご本、取ってくれる?」

棚の上から下ろすようミリエラが要求しているのは、錬金術師として必要な本。五歳の子供が読む絵本ではない。

もしかして、と時々怖くなる。自分は、ミリエラを歪めてしまっているのではないか、と。子供らしいカークと比較すると、ミリエラは明らかに大人びている。王族特有の厳しい教育を受けてきたディートハルトよりもだ。

ふたりを、妙に落ち着いた目で見ていることもある。まるで、年の離れた姉のような。

ジェラルドが長い間放置し、カーク以外の子供と触れる機会もなかったから、ミリエラの子供時代はもう終わってしまったのではないかとさえ考えることがある。

それは、ミリエラが錬金術を学び始めてからより顕著となった。ジェラルドの心の中まで見透かしているような表情をすることが増えた。それは、すぐに子供らしい愛らしい笑みへと変化するのだが。

「ねえ、パパ——ミスリルってどこまで薄くできるの?」

素材の持つ効能について、今までに判明したことをまとめた事典をひっくり返しながらミリエラは問う。この事典は、毎年のように改訂版が出るのだ。

新しく見つかった素材の使用方法や注意点など、錬金術師達が共有すべき発見が毎年あるからだ。来年には、スライムの魔石についての情報が新たに加わるであろうこともジェラルドのところには伝わっている。

「そうだね。紙と同じくらいは薄くできるよ」

「そこまでしたら破けちゃう？」

「保護の魔術をかけておけば、よほど強い力をかけない限り破れることはないと思う」

「そっか。ありがとう」

パパ——と呼びかけながらも、ミリエラの目はすでに一人前の錬金術師だ、不意にそう思う。娘の能力を、自分はどこまで伸ばしてやることができるのだろう。

そして、娘の持つ能力が悪用されないよう、自分自身も力をつけていかなければならないのだ。

ミリエラとジェラルドの研究は、秋が終わり、冬になってもまだ続いていた。

ミスリルやブラックドラゴンの素材を使い、マナの流れる経路を開く。

言うだけなら簡単なのだけれど、実現するためには乗り越えなければならない山がいろいろとあった。

ブラックドラゴンは噛みついた相手のマナを吸収するという特質がある。その特質を利用し、マナの経路に穴を開けられるまで試行錯誤した。

それから、ミスリルを使って、外からマナを流しやすく、刺激しやすく工夫した。

——だが、それだけではとんでもない痛みを被験者に与えることになった。

騎士団員として痛みには慣れているはずのオーランドが飛び上がったのだから相当だ。

そこでまず、ジェラルド自身が実験台を務めた。強引にマナの流れを止め、ミリエラが外から動かす。

痛みを軽減する素材をブラックドラゴンの牙に追加し、少しずつ経路を開くのならば、ほとんど痛みもないということが判明した。

外側から、たくさんのマナを持った人物が治験者のマナを揺らしていく。他人のマナに触発されて、体内のマナがゆるゆると動き、そして経路が開く。

一度で開かないこともあるが、数日おきに同じ処置を繰り返すことで全員経路を開くことができた。

だが、最初の実験台であり、自分の経験から治療の助手を務めていたオーランドは難しい顔をしていた。

「……年齢を重ねた者ほど痛みも激しいし、時間がかかりますね」

「マナの経路がふさがっている時間が長くて固まっているのではないか？　子供はあまり痛がらなかっただろう」

オーランドも痛みを軽減する工夫をする前はかなり痛かったというが、軽減してもなお激しく痛みを訴えてきたのは六十代の女性だった。

六十年以上、マナを使わず生きてきたのだから、マナの経路が固まっていてもおかしくない。二十代以降の人を確認したところ、痛みを強く覚えるのも、マナを上手に流すことができないのも年を重ねた人が多かった。

一度に穴を開けると痛いし、身体に支障をきたすかもしれないから、一定の時間を置いて実験を繰り返す。

早い人で五回、遅くても二十回ほどで実験に協力してくれた人全員がマナを使えるようになった。

「マナリングを作ってる人の仕事がなくなっちゃうかなぁ……」

自分で開発しておいて、ミリエラはそんな不安を漏らす。

「マナリングを作っている人は、他にもいろいろ仕事があるから大丈夫だ」

そっと娘の肩を抱いてやる。

マナリングは一度作ってしまえば十年以上使うことができる。

どちらかと言えば、そのあと、マナリングにマナを注入する仕事の方がお金になるくらいだ。

魔道具師は、マナ屋を兼ねていることが多い。そして、マナリングを使わなくてもいい人が増えれば、魔道具の需要も増えるだろう。

今まで、マナを節約するためにマナリングの使用を最小限に抑えていた人達も、どんどん魔道具を使うようになるだろうから。

「ディーも、試してみていいかな……？」

ちらり、とこちらの様子をうかがいながら問いかけてくる様も愛らしい。

領地内、百人の協力を得て実験してみたが問題はなさそうだ――あとは、王とディートハルトがどう結論を出すか、だ。王の意向はすでに確認してある。

窓の外を見れば、ちらちらと雪が降り始めている。

（近いうちに、殿下の意志を確認しよう）

ディートハルトが屋敷を訪れたのは、その翌日。雪がつもった日のことだった。

剣の稽古は休みだが、庭で雪遊びがしたいとやってきたディートハルトを、ジェラルドは応接間に招き入れた。

ここにディートハルトを招くのは、大切な話がある時だということを、彼ももう理解している。ジェラルドの真正面に座った彼は、緊張の面持ちであった。その緊張をよく理解しながらも、ジェラルドはゆったりと切り出した。

「ディートハルト殿下。お約束の品が出来上がりました――国王陛下も、ディートハルト殿下の決定通りにするようにとお返事をくださいました」

「殿下の身に、危険はないのか？」

ディートハルトの世話係が、不安を覚えてまなざしをこちらに向けた。彼の懸念はよく理解できる。

王子の身体に、傷をつけるわけにはいかない。

「我が領地の中で、実験に協力してくれた者、百人には問題が出ておりません。そして、陛下は殿下のご決断に従うように、と」

ただ、なにもないと思われるのも困るので、手順と問題点はきちんと伝えておくことにする。

「まず、殿下にはこちらの治療着を身に着けていただきます」

治療着は、マジックスパイダーの糸とアカトカゲの皮の抽出液から作った布製だ。実験の結果、魔石はスライムではなく、ブラッディオイスターという海に住む魔物の魔石を利用することになった。

ディートハルトの目の前で、ジェラルドが軽くマナを流してみると、赤く発光した。

「我々の目には、マナは見えませんから、この治療着を着ていただくことで見えるようにするわけです」

「侯爵、その金具はなんだ？」

「これは、ミスリルですね。胸の部分はブラックドラゴンの牙を利用しております」

治療着は胸のあたりに銀色の線、そして、肩から袖口にかけても銀色の線が引かれている。

その銀色の線は、そこから足の方へも流れていた。この線は、限界まで薄く伸ばしたミスリルを張りつけたものだ。

そして、治療着の心臓のあたりには、円盤型のミスリル――このミスリルはある程度の厚さがある――の上に、ブラックドラゴンの牙を八本、円を描くように均等に並べられている。

「マナの保有量が多い者が、この胸当てに手を当て、この治療着を身に着けた殿下のマナを外側から揺らします。そして、このブラックドラゴンの牙がマナの経路に穴を開け、そこからミスリルをたどって、全身に向けて発します――そして、それを左右の腕に集約していきます」

マナを流しやすいミスリルを治療着に貼ってあるのはそのためだ。

ジェラルドの説明を聞いたディートハルトは何度も首を縦に動かした。今の説明である程度納得したらしい。

「問題はあるのか?」

「慎重に行いますが、痛みを覚えることがございます。その時は、こちらで殿下に流すマナの量を調整いたします。時間はかかりますが、領地内の者、百人がマナを使えるようになりました」

「わかった。やろう」

「ですが!」

ディートハルトの世話係が顔色を変えた。

「痛みを覚えるなど、もってのほかです、殿下。もし、殿下のお身体になにかあれば」

「ヴィルギル――僕の結論に文句を言うのか？」

「いえ、殿下。危険を冒すわけにはいかない、と」

ヴィルギルと呼ばれた世話係は、ディートハルトが最初にこの屋敷を訪れた時から常に側にいた。ディートハルトの身を、本当に案じているのだろう。

「ヴィルギル殿。万全の注意を払って治療をいたします」

「それに、マナを使うことができれば、僕も王宮に戻ることができるだろう――帰りたいんだ」

そう告げた時のディートハルトの真剣な声。

その声音に、ヴィルギルは胸を突かれたような表情になった。

いくら王族として厳しく育てられ、年齢の割に大人びているとはいえまだ七歳。普通なら、家族が恋しくてしかたのない頃だ。

今まで一度もそれを口にしなかったのは、ディートハルトが自分の立場を理解していたからだ。

「かしこまりました。殿下――では、私はお側で見守らせていただきます」

「かまわないな、侯爵」

「もちろんですとも」

本来は、ミリエラの方がマナの扱いには長けているのだが、まさかミリエラに治療させるわけにはいかない。

ジェラルド自ら、ディートハルトの治療を行うことになった。

痛みを覚えないよう、慎重に、少しずつ。

マナがきちんと流れているかは、治療着の色を見ればわかる。

こうして、五日間にわけて治療を行った結果――ディートハルトのマナはきちんと流れるようになった。それは非常に喜ばしいことなのだが、心配な点も出てきた。

（これが、王宮にどんな変化をもたらすことになるのかがわからない）

今の王妃は後妻であり、ディートハルトは先妻の息子である。事情が変わった今、後継者争いが勃発するかもしれない。

そう思いいたったジェラルドは、不吉な予感を覚えずにはいられなかった。

第七章　天才錬金術師、王都に行く

ミリエラとジェラルドが共同開発したマナ経路を開くための装置は『マナ治療着』として、王宮に報告したとミリエラはジェラルドから教えてもらった。

治療方法についても、手紙を書くだけではなく、記録板に記録したものを同封したそうだ。これで、ディートハルトも近いうちに王宮に戻ることになるだろう。

(ちょっと寂しいけど、ディーが帰れるのはいいことだよね)

ディートハルトと一緒に過ごすことができる時間はさほど多くない。だから、残された時間をカークと三人で精一杯楽しもう。そう思っていた時だった。

「……困ったことになった」

仕事部屋でジェラルドが頭を抱えているので、ミリエラはそっと近づいた。

よいしょ、と彼の隣にある椅子によじ登る——ミリエラの身長ではまだ、テーブルの上にある物を見ることができないので。

テーブルには、白い便箋と封筒が置かれている。

(なんだか、妙に高級な紙が使われているような)

素材の納品書とは明らかに品質が違うとミリエラにもわかる。だてに侯爵家の娘ではないのである。貴族からの手紙なのだろうか。

「パパ、どうしたの?」

隣の椅子からジェラルドの膝をポンポンと叩くと、そのまま彼の膝に移動させられた。

(今は別に、膝に座りたかったわけじゃないんだけど——まあ、いいか)

こてん、とジェラルドの肩に頭を乗せてみる。

気分ではないと思っていたが、こうして父の体温を感じるのは好きだ。愛されていると、実感できるから。

ミリエラの髪を撫でながら、ジェラルドは言った。

「王宮からね、ミリエラと私に招待が来たんだよ」

「招待? お茶会?」

貴族同士の付き合いは、お茶会くらいしか知らない。あとは、晩餐会だの舞踏会だのもあるはずだが、それらの招待はミリエラにはまだ早すぎる。

「そうだね。お茶会もあるかもしれないね。そうではなくて、陛下がミリエラに会いたいそうだ」

思わずしかめっ面になった。国王と対面だなんて、ものすごく面倒なことになりそうな気がする。

「ミリィ、行くのやだ」

それに、王都はかなり遠いではないか。長距離の移動をしている間、錬金術の勉強ができなくなるのも気が進まない。

「私もそう思うんだが、断るわけにもいかないんだよ。なにしろ、陛下自らのご招待だからね」

それでか、と納得する。

ジェラルドが頭を抱えていたのはそのせいか。ミリエラの身体に回された腕に、力がこもったような気がした。

「行くの？」

「ディートハルト殿下が、王宮にお帰りになるそうだ。殿下を王都までお送りするというのも目的に含まれる」

「そっかぁ――ディー、帰っちゃうのか」

まだ共に過ごした時間はさほど長くないのだが、ディートハルトはミリエラの大切な友人となっていた。彼が帰ってしまうのは寂しい。

とはいえ、マナを持たないせいで王宮を出なければならなかった彼が戻ることができるのだから、友人としては祝福すべきなのだろう。

「ディーが帰るのなら、王都まで一緒に行くのもいいな」

そうすれば、道中も彼と思い出を作ることができる。ミリエラはグローヴァー侯爵領で生涯を過ごすだろうし、ディートハルトが侯爵領に戻って来ることはないだろう。それならば、今のうちに思い出を増やすべきだ。

最後の時は、少しでも先に延ばせる方がいい。

「……そうだね。それに、王都に行ったら会いたい人もいるんだ。ミリエラのおじい様とおばあ様だよ」

「え？　ミリィ、おじい様とおばあ様いたの？」

よく考えてみれば、父方の祖父母は盗賊に殺されたと聞いていたが、母方の祖父母の話というのはまったく聞いたことがなかった。

母がいた以上、母方の祖父母というのも当然いるはずだが、彼らの存在は完全に失念していた。母が亡くなっているのだから、その両親ももうこの世にはいないのだろうと無意識のうちに思い込んでいたのかもしれない。

「いるよ。ミリエラに会いたいと――君が生まれてから何度も訪ねてくださったんだ」

ジェラルドはミリエラの髪を撫でながら話してくれた。

母方の祖父母は、ジェラルドのこともミリエラのことも、とても心配していたそうだ。けれど、今年もミリエラの誕生日直前に来てくれたのを、追い返してしまったのだという。

今のジェラルドは、その時のことを悔やんでいるように見えた。

（……不幸にしたくなかったんだよね）

自分に関われば、不幸になる。

エリアスに諭されるまで、ジェラルドはそう信じ込んでいた。だからこそ、祖父母も屋敷には入れようとしなかったのだろう。

ミリエラは客人が来ているのにはまったく気づかなかったけれど、当時暮らしていた別館と本館は距離があるから、よほどの騒ぎにならなければ別館までは伝わらない。

「ミリエラに会わせたら、連れていかれてしまうと思ったんだ。ここにとどまるより、都で暮らした方がミリエラのためになるだろうからね。私は愚か者だ――自分の側にいると不幸になると思っていたくせに、君を手放すことができなかった」

「ミリィ、怒ってないよ」

膝の上で背を伸ばし、そっとジェラルドの頭を撫でてみる。

たしかに、ジェラルドの行動は誉められたものではなかった。周囲の人を遠ざけ、自分の殻に閉じ籠もった。

ミリエラに前世の記憶がなく、ニコラ家族がいなかったら、ミリエラは歪んで成長してしまったかもしれない。

だが、幸か不幸かミリエラは前世の記憶があった。それも、今の父親とさほど年齢の変わらない成人女性としての記憶だ。

その記憶があったからこそ、それが父なりの思いやりであったこともちゃんとわかっている。父のことを愛おしく思っても、嫌だと思うことはない。

「ニコラに支度してもらうね。ミリィ、おじい様とおばあ様にプレゼントしたいな。なにをあげたら喜んでくれるかなぁ……」

手紙も書きたいから、便箋を用意しなくちゃと、うきうきしているそぶりを見せておく。

こうして、子供らしく振る舞うことで、ジェラルドの罪悪感が薄れることも理解しているから。

「――ニコラ達も一緒に行ってもらおう。殿下も、カークのことは気に入ってくださっているし、道中は三人で楽しく過ごせるだろうしね」

「うん、ミリィもそうしたいと思ってたよ！　パパ、さすが！」

この屋敷に来て、騎士団から剣の稽古を受けているディートハルトは、カークのことを友人だと言っている。

マナを持たないディートハルトに、気負うことなく差別することなく、当たり前のように接するのが居心地よかったようだ。

（ディーがいなくなったら、カークも寂しいんじゃないかな……）

不意に新たな心配が芽生えることになった。

戻ってきたら、また、ふたりで遊ぶことになる。ディートハルト相手に剣を振っていたカークは、ミリエラとふたりで退屈にならないだろうか。

カークのためにも、もっと友人を増やす努力をした方がいいのかもしれない。

そんなわけで、急遽旅の支度が調えられた。

とはいえ、ミリエラがやったことと言えば、祖父母のために贈り物を用意することぐらい。

「パパ、おじい様とおばあ様には、新作をプレゼントしようと思うの！」

「この間作った保温布かな？　そうだね。喜ぶと思うよ」

スライムの魔石に水の属性を持たせて布を作ることができたなら、火の属性を持たせることもできるのではないか。

そう思って、特殊なスライムの魔石を取り寄せた。

スライムは、どこの地域でも生息することができるが、そんなスライム達の中でも、火山に住む特殊なスライム、ボルケーノスライムの魔石を取り寄せた。

火山地帯に住むスライムの魔石ならば、水よりも火属性を持ちやすいのではないかと思ったのだ。

そして、ミリエラの予感は的中した。

普通のスライムから進化して発生したボルケーノスライムの魔石は、普通のスライムよりいくぶん強固ではあるけれど、やはり丁寧にマナを流し込まないと崩れてしまう。

火属性を持たせたボルケーノスライムの魔石を保冷布を作った時と同じように加工すると、保温機能を持った布を作ることができた。

保冷布と違い、どこまでも熱くできるのだが、あまり熱を加えすぎると今度は燃え上がってしまうという欠点も発見された。

そのため、保温布の方には、流し込むマナの量が多すぎた場合、多い分は大気中に流すような機能を追加することになった。保冷布と違い、糸を沈める溶液の中にスライムの魔石だけではなく、フェアリービーというマナを放出する性質を持った魔物の魔石も加えてから糸に定着させた。

ディートハルトが山のように持ってきてくれたスライムの魔石のおかげで、ミリエラも訓練を重ね、錬金術師としての一歩を踏み出すことができたわけである。

（ディーには、もっと感謝しなくちゃね）

薄くてしなやかな保温布は、劇場などに出かける時に重宝しそうだ。祖父母に贈る品でもあるから、職人に頼んで精緻な刺繍を施してもらった。

劇場に出かけた時ひざ掛けにしてもいいし、羽織ってもいい大きさである。

それから、ミリエラのドレスも必要である。王族に会うのにいつもの格好というわけにはいかないし、父の礼服も新調しなくてはならない。

静かだった屋敷には、急に人の出入りが増え、慌ただしく出発の日を迎えることとなった。

ジェラルドとミリエラ、そしてディートハルトにカーク、子供達の世話係として乗り込むニコラが一台の馬車である。

護衛を務めるオーランドは、ディートハルトの護衛達と一緒に馬に乗るので別行動だ。

その他、侯爵家の使用人とディートハルトの世話係などが馬車二台で続く。護衛は三十名ほど。かなりの大所帯となった。

王都とグローヴァー領の間をつなぐ街道は、人の行き来が頻繁だ。魔物や盗賊が出ないように、街道の警備兵も厳重に警戒している安全な道だ。

王都までは、三日ほどで到着する距離だが、今回は三人の子供が同行する。

途中で昼寝の時間をとるということもあり、五日間という日程が組まれ、予定通り五日かけて、王都に到着した。

道中、あまりにもはしゃぎすぎて馬車の中では、ミリエラがしばしば寝落ちしていたのは同乗者だけの知る秘密である。

「うわぁ、すっごいねぇ……たくさんの人がいる」

窓側の席を占め、べったりと窓に張りつくようにしていたミリエラは、思わず声をあげた。

ニコラを挟みミリエラとは反対側の窓際に座っているカークも、同じように窓に張りついている。

多数の人々が行き来をし、店先には豊富な種類の商品が並んでいる。一目見ただけで、都が栄えているというのがよくわかった。

「俺、こんなにたくさんの人がいるって思ってなかったよ」

「だよねぇ。今日はお祭りなのかな？」

初めて王都の賑わいを見るミリエラとカークは、窓に張りついたまま。

前世が日本人であるミリエラは、もっと混んでいる場所も知っているが、今回の人生でここまで混んでいるのを見るのは初めてだ。

父の屋敷にいる時想像していたよりはるかに、この国は栄えているらしい。

「今が祭りの時季というわけではないよ。いつもこんなものだ」

王宮育ちのディートハルトは、街の賑わいに驚いていないようだ。

きちんと背筋を伸ばし、真正面を向いている。子供の中で、街の賑わいに気を取られていないのは彼だけだ。

「ほら、そろそろ屋敷に着くぞ。ミリエラ、カーク、ふたりともちゃんと座りなさい」

父に言われ、ミリエラは渋々座り直した。もっと街の賑わいを見ていたかったのに。

「用事がすんだら見物に連れて行ってあげるから、そうつまらなそうな顔をするんじゃない」

父に頭を撫でられ、不覚にも口が緩む。

やはり、父に甘やかされるのは好きだ。

社交上の付き合いや、魔道具の売り込みで王都を訪れた時に使っていた屋敷を訪れるのは、久しぶりだという話だった。父は、母が亡くなってから一度もこちらには来なかったから。

「――お待ちしておりました。旦那様」

王都の屋敷で働いていた使用人達が、ずらりと並んで出迎えてくれる。

ディートハルトは迎えに来ていた王家の馬車で、ここからさらに王宮へと戻ることになる。

屋敷の中庭では、王家の馬車が待ち構えていた。

けれど、馬車に向かおうとして、ディートハルトはこちらを振り返った。

「――父上に会うのが、少し怖い気がするよ」

「きっと、喜んでくれると思うよ」

元々王宮を出ることになったのは、ディートハルトにマナがなかったからだ。彼が、マナの経路を開いたと知ったら、皆驚くだろうし、喜んでくれるだろう。

「そうだったら、いいんだけどね」

そう口にして、ディートハルトは困ったように眉を下げた。

「どういうことだよ、ディー」

ひょいとふたりの間に割り込んだカークに、ディートハルトはやはり力のない笑みを向けた。

「ううん。大丈夫。君達に会えてよかった」

すぐに遊びに行くのに、どうしてそんな顔をするのだろう。

「そう？　ねえ、ディー。もし、困ったことがあったらミリィに言ってね？　ミリィはディーの友達なんだから」

「そうだぞ。遠慮なんかするな」

カークがどんとディートハルトの肩に拳をぶつける。本当に彼は、遠慮というものを知らない。

「そうだね。そうするよ――ふたりとも、本当にありがとう。君達は、僕の大切な友人だ」

ディートハルトの目が、かげりを帯びた。先ほどからずっと様子がおかしい。

（どうしちゃったんだろう……帰りたいって言ってたのに……）

問いかける間をミリエラに与えることなく、ディートハルトは迎えの馬車に乗って行ってしまった。馬車を見送りながら、心配になる。

「都にいる間に、殿下とまたお会いする機会は作れると思うよ」

父がふたりの肩に手を乗せてそう言う。いつになるのだろうと、ミリエラは思わずにはいられなかった。今のディートハルトの様子は、まるで今生の別れを覚悟しているようにも思えたから。


翌朝、王宮に向かうための支度をしながら――正確にはニコラに着替えさせてもらいながら――ミリエラは考え込んだ。

（……それにしても、昨日のディーはなんか変だった、気がする）

ミリエラの目から見れば、ディートハルトはかなり素直な子供だと思う。

王族として育ってきたからか、年齢のわりに大人びた言動をすることが多いけれど、ある意味カークより素直だ。

そんな彼が、表情を取り繕うような真似をするなんて。

（帰りたいって言ってたし、家族のところに帰りたくなかった――とかじゃないよねぇ）

もし、最初からマナを使うことができていれば、ディートハルトがグローヴァー領に送られることはなかった。

そして、グローヴァー領が選ばれたのだって、ミリエラが生まれて以降、父は仕事を休んでしまっていたけれど、マナがない人が暮らしやすいような環境を整えることができるからというのが理由だったはず。

そう考えると、ディートハルトは大切に育てられてきたのだろう。それにもかかわらず、家族の元に戻るのに浮かない顔をしているなんて。

（人の家の事情に首を突っ込むのはよくないけど……友達の力にはなりたいよねぇ……）

ミリエラにとって、ディートハルトは大切な友人である。もし、彼が困っているのなら全力を尽くして手を貸したい。

とはいえ、今、そこを考えてもしかたないだろう。王宮に戻ってからのディートハルトの様子を見て考えることにしよう。

今日は王宮に上がるため、動きやすいワンピースではなくドレスを着せられている。可愛らしい黄色のドレスには、フリルやリボンやレースがたくさん使われていた。

「パパ、ミリィどう？」

「今日もとても可愛らしいよ。そうだね──食べてしまいたいほどだ」

「食べるのはなし！」

くすくすと笑いながら、ジェラルドの方に頬を差し出す。

そこに柔らかくキスされて、また笑った。

今度はミリエラが背伸びして、ジェラルドの頬に唇を押しあてる。彼もふわりと笑ったので、幸せを強く実感した。

初めて入った王宮は、とても広かった。外から見れば、真っ白の壁がまぶしく、ところどころに金で装飾が施されているのが、優美さを強調している。

行きかう人達は皆美しく装い、時折ちらりとこちらに視線を投げかけているのは、父のことを気にしているのだろう。

「──パパ？」

廊下を歩きながらジェラルドが立ち止まったので、ミリエラは袖を引いた。

「すまないね。しばらくぶりに来たものだから──ここは、思い出が多すぎて」

そう言えば王都の屋敷に入った時も、ジェラルドは同じようにしていた。それを思うと、ミリエラの胸がぎゅっと締めつけられる。

父は母のことを忘れていない──今でも。

母のことを懐かしく思うのは嬉しいけれど、父の胸がその度に痛むのを見ていると、ミリエラの胸までが締めつけられるような気がしてくる。

「行こう、パパ」

「そうだね。陛下をお待たせするわけにもいかない」

再び廊下を歩きながら、ジェラルドは表情を引き締めているようだ。だが、彼の進む足取りは重い。もしかしたら、これから先、なにか嫌なことが待ち受けているのではないだろうか。

「グローヴァー侯爵とお嬢様、こちらからどうぞ」

立派な扉の前に着くと、案内係と思われる人が立っていた。彼は、目の前の大きな扉を開き、中にふたりを誘導する。

ジェラルドは、ミリエラをそっと見つめた。ミリエラの方も、こくんと首を縦に振る。

大丈夫、父と一緒だから大丈夫なのだ。

入ったとたん、ミリエラは眉間にしわを寄せた。

(私達ふたりに会うのに、部屋が広すぎじゃない？)

体育館くらいありそうな広い部屋の向こう側に椅子がふたつ並んでいる。

そこに座っているのは、王と王妃だろう。

側仕えと言えばいいのか侍従と言えばいいのか。父と同じような衣服を身に着けた人が王と王妃の側に控えている。

ジェラルドは無言のまま、まっすぐに敷かれている赤い絨毯の上を歩いて行く。ミリエラが遅れないよう、歩幅に気をつけながら。

ミリエラの方も、ジェラルドに合わせて進んでいった。緊張で胸のあたりが締めつけられるような気がする。鼓動が速まっているのを自覚し、喉がからからになるのを覚えた。

「――参上いたしました、陛下」

国王の前まで進むと、ジェラルドは丁寧に一礼し、ミリエラも合わせて頭を下げる。事前に教えられていたように、頭を上げるようにと言われるまで、ずっと下げていた。

「ジェラルド。久しぶりだな――息災か」

「はい、陛下」

横目で、ジェラルドの様子をこっそりとうかがう。

ミリエラに見せてくれる優しい微笑みはなく、いつもは見せないきりっとした顔をしている。これが貴族としての表情なのだろうか。

「あなたが、宮中を去って寂しいと思っていたのよ。久しぶりに会えて嬉しいわ。それに、とても可愛らしいお嬢さんね」

国王夫妻は、ジェラルドの作る魔道具を愛用していたため、魔道具を献上したり夜会に招かれたりで、昔はしばしば王宮を訪れていたそうだ。どうやら、それなりに親しくしていたらしい。

「なににも代えられない大切な宝物です」

王妃は、ミリエラを見ると可愛らしいと言いたいかのように目を細めた。

（……でも、この人。私のことを好いていない、気がする）

どうしてそう思ったのか、ミリエラにもわからなかった。

でも、王妃の顔にはミリエラを歓迎していないような表情が浮かんでいる気がしてならないのだ。笑みを向けられてはいるが、その微笑みには裏がありそうだ。

「グローヴァー侯爵。保冷布はあなたのご息女の発明なのですって？」

「はい。スライムの魔石は非常にもろいのですが、ごくごく微量のマナを注いだ時のみ、利用できることがわかりました」

「今年の夏、保冷布は王宮で大流行りだったのよ。来年の夏は、もっと欲しがる人が増えるでしょうね」

王妃の言葉の意味がわからず、ミリエラも父もきょとんとしてしまった。ふたりに向かって、王妃は微笑みかけた。

「保冷布で下着を作ったの。パーティーの時には、何曲も踊って汗をかいてしまうのだけれど、保冷布を使ったおかげで今年の夏は涼しく過ごすことができたわ」

どうりで、グローヴァー領には保冷布で作ったハンカチだけではなく、布そのものを売ってくれという依頼が殺到したわけだ。保冷布はベースが綿だから下着の素材には適している。

一度マナを流せば数時間は冷たさをキープするから、パーティーの間くらいは快適に過ごせるはずだ。

「それに、マナを持っていない者の治療方法を見つけたことも素晴らしい。侯爵は、よい後継者に恵まれましたね」

「はい――娘の才能を、できる限り伸ばしてやりたいと考えております」

王妃はあくまでもにこやかだ。

（お父様が、私のことをそう考えてくれているなんてまったく思ってなかった）

ジェラルドの言葉に、胸のあたりがぽかぽかとしてくる。

「おかげで、ディートハルトも人並みの生活を送ることができるようになった。私からも礼を言うぞ」

「とんでもございません」

偉そうに国王が口を挟み、父はそれにもまた丁寧に一礼した。

人並みの生活――と言われて、ミリエラはちょっとむっとした。

（ディーは、ちゃんとやってたのに）

まるで、ディートハルトがダメ人間のような言い方ではないか。マナを持っていなくても、生活できるように皆が工夫して暮らしているのに。

「ディー、ディートハルト殿下には会えますか？」

うっかり領地にいた頃のように呼びかけてしまい、慌てて訂正する。今日は噛まなくて、本当によかった。

「ええ、今日は無理だけれど、あなた達が王都にいる間に招待するわ」

「会えたら嬉しいです」

長旅から戻って来たばかりのため、今日は王宮に医師を呼んで健康診断をしているらしい。

それからも表面上は和やかな会話を続け、国王夫妻の前から退出すると、ジェラルドははぁと息をついた。どうやら、気疲れする会談だったようだ。

「パパ、疲れた？」

「いや、そんなことはないよ。さて、次は君のおじい様とおばあ様に会いに行こうね」

「うん！」

ミリエラは元気よく返事をしたが、ジェラルドは国王夫妻と顔を合わせた時よりずっと顔を強張《こわば》らせている。そんなにも恐れなければいけない相手なのだろうか。

（――おじい様やおばあ様が怖いんじゃない。お父様が怖いのは――自分自身なのかも）

父は、たしかに恐れている。

恐れているのは、ミリエラという孫娘がいるにもかかわらず、母が亡くなって以来、義理の両親との付き合いを絶っていたからだろう。

今年の誕生日だって、心配して領地を訪れたふたりを追い返してしまった。その後悔もまた、そんな表情にさせるのかもしれない。

（……本当に、この人はしかたないな。ちゃんと、守ってあげなくちゃ）

ミリエラにとって、大切な人である。

彼に守られると嬉しいし、守られるだけではなく守ってあげたい。よいしょと手を伸ばして、ジェラルドの手をぎゅっと掴む。

「ねえ、パパ？」

「なんだい」

「おじい様とおばあ様に会えるのが楽しみだねぇ……」

父が家族を一度に亡くし、落ち込んでいたのを慰めた母。その母の両親なのだからきっといい人達に決まっている。

王都の一等地にあるハーレー伯爵家は、ある意味、グローヴァー侯爵家より立派な建物であった。

侯爵家は代々領地に研究に没頭しており、王宮に参内するのも最小限。王都の屋敷に人を招くことはほとんどないそうだ。そのため、侯爵という身分からすると、侯爵邸は小さな建物であった。それと比べると、伯爵邸はずっと広い。

「わぁ……」

馬車を降り、通って来た庭園に目を向ける。よく手入れされていて、季節の花々が咲き乱れていた。一角だけ、やたらに木が生い茂っている場所がある。

「パパ、あそこ、どうしたの？」

「ああ、あれはね。巨大な迷路だよ——懐かしいな」

あれは、灌木《かんぼく》で作った迷路なのだそうだ。子供がいない今は、誰も使っていないらしい。せっかく手入れをされているのにもったいない。

（帰りにあそこで遊べるかな？）

日頃は精神年齢が大人だと自負しているが、初めて見る遊具にはワクワクしてしまう。どうせなら、次はカークも連れて来られるように頼んでみようか。

「ジェラルド……？　まあ、そちらがミリエラね」

扉が開いたかと思ったら、中から上品な老婦人が出てきた。

（あれが、おばあ様だ！）

一目見てわかる。屋敷にある母の肖像画。そして、父がミリエラに見せてくれた記録動画。そこで見た母を三十ほど年長にしたら、目の前に立っている女性になる。

彼女は扉を開いたところで立ち尽くしていた。こちらを見る目がみるみる潤んでいく。

「ふたりとも中に入りなさい——ケーキを用意してあるんだ。気に入ってくれるといいんだが……子供はなにが好きなのか、すっかり忘れてしまったよ」

老婦人に続いて出てきたのは、気品漂う老人であった。おそらく、こちらが祖父なのだろう。

「伯爵——いいえ、義父上。長い間、ご無沙汰を——」

父がそう口にしかけたところで、三人の大人達は互いに言葉を失ってしまう。最愛の娘を失い、最愛の妻を失ったその日。たぶん、その日から彼らの間には対話というものがなかった。

お互いどうしたらいいのかわからない様子で、それぞれの場に立ち尽くしている。

「……おじい様、おばあ様。ミリエラです。今日は、お招きありがとうございます」

ものすごく湿っぽい雰囲気になりそうだったので、ミリエラはその場の空気を破ることにした。ドレスのスカートをつまみ、片足を引いてお辞儀をする。

先ほどは国王夫妻の前に出たし、以前から基本的なマナーは教わって来たから、このくらいはお手のものだ。

「まあまあまあ、ミリエラはしっかりとご挨拶ができるのね——まるで、アウレリアが子供だった頃のよう！」

「ミリィ、お母様に似てる？」

首を傾げて問いかける。あざとい真似をしている自覚はあるが、この場をどうにかしたいだけだから、大目に見てもらいたいところだ。

「ええ、そっくりよ」

祖母の側にとことこと歩いて行って、手を差し出す。えへっと笑って見せた。

「ミリィ、おばあ様に会えて嬉しい」

固まってしまった祖母は手を出してくれなかったので、祖母にぎゅっと抱きついた。ミリエラの身体にこわごわと祖母の手が回される。強く抱きしめられ、幾度も髪を撫でられた。

解放されたミリエラは、祖父の方に向き直る。

「おじい様にも、会えて嬉しい。抱っこしてくれる？　それとも、手を繋いでくれる？」

両手を広げて問えば、祖父はミリエラと目の高さが合うまで腰を落としてくれた。どうやら抱いてくれるつもりのようだ。

祖父の首に手を回すと、「よいしょ」というかけ声と共に立ち上がる。

「はは、ミリエラはとても重いのだな」

「おじい様、レディに重いは失礼です」

祖父が冗談を言っているのはわかるから、こちらからも冗談で返す。むぅっと頬を膨らませると、祖父は顎をそらせて大きく笑った。上品そうな外見に反し、感情はあけっぴろげに表現するタイプのようだ。

「そうだった、そうだった——ジェラルド、いつまでもそこに立っていてもしかたないだろう。中に入りなさい」

通された部屋では、白いテーブルクロスのかけられたテーブルに、多数のお菓子が並んでいた。銀の茶器が目にまぶしく輝いている。

祖父は、少し高くなっている子供用の椅子にミリエラを下ろしてくれた。

「ミリエラは、なにが好きなのかな」

「ミリィ、全部好きよ。甘いお菓子、大好き」

目の前には、たくさんのお菓子。ミリエラの目が輝いた。

（食べすぎはよくないって知ってるけど、これは目がくらむわ……！）

たっぷりと生クリームを使い、上にフルーツを乗せたケーキ。チョコレートのかかったケーキ。

クッキーもヨーグルトを使ったものや、チョコチップを生地に練りこんだもの、上にフルーツの飾りが乗ったものなど五種類ほどが並んでいる。

その他、一口サイズのパイやら、フィナンシェ、マドレーヌなど、お菓子の山、山、山。

これで目が輝かなかったらどうかしている。

「パパ、全部食べていい？」

「全部はやめておきなさい。夕食が入らなくなってしまうし、お腹が痛くなってしまうかもしれないよ」

「そっかぁ……」

ミリエラの隣がジェラルドの席だ。そんな会話をかわしているふたりを、祖父母は微笑ましそうに見ていた。

「ミリエラはいい娘に育った。こうして、会いに来てくれて嬉しいよ」

「本当に……ねえ、ミリエラにドレスを贈ってもいいかしら？　孫に服を作ってあげるのが夢だったの」

祖父母は、ジェラルドを責めようとはしなかった。

長い間領地に引きこもり、ミリエラに祖父母の存在さえ知らせなかったにもかかわらず、だ。

ジェラルドが顔を歪めたのは、彼らの厚意に対して返す言葉を持たなかったからだろう。

「パパ――ミリィ、お泊まりできる？　そうしたら、おばあ様にお洋服作ってもらうの」

「そうだね、そうするといい」

「パパも一緒に泊まってくれる？」

少しやりすぎかなと思いながらも、目をキラキラとさせて問いかける。返事をしかけたけれど、ジェラルドはそこで言葉に詰まってしまった。

「そうしなさい、ジェラルド。私も、君とゆっくり話がしたかったんだ」

「……ありがとうございます」

やはり、祖父もジェラルドのことは気にかけていたようだ。

（皆、相手のことを想いやりすぎて、逆にぎくしゃくしすぎていたのかも）

少なくとも、憎み合っているわけではない。

「パパ。おじい様と、お庭の迷路で一緒に遊べる？」

「おじい様に聞いてごらん」

彼らに余計な言葉は必要ない。

ここに四人揃った。それだけで十分なのだ。

祖父母に遊んでもらう約束をして、ミリエラはご満悦であった。こうして、父の良心の呵責を少しでも減らせればそれでいい。

(だって、長い間――自分を責め続けてきた人だから)

家族を失ったのが、自分のせいだと思っていた。

自分ひとり生き残ったことを申し訳なく思っていた。一度は緩んだその気持ちが、再び目覚めたのは、母の死がきっかけだ。

大人達の会話は聞いておらず、目の前のお菓子に夢中になっているふりをして、脚をぶらぶらとさせる。ここにはジャムタルトがない。次回はジャムタルトも用意してもらおう。

「ニコラとオーランドにも助けられました」

「ええ……あのふたりから、連絡はもらっていたわ。ミリエラがいい子に育っているというから、こちらからは踏み込まなかったの――でも」

祖母はそこで言葉を切った。ミリエラの方に向き直り、浮かんだ涙をハンカチで拭う。

「もっと早く会いに行けばよかったわ。こんなに愛らしいんだもの」

この人達は優しい。父も含めて優しすぎる。

けれど、こうして再会することができたのだ。ここから、新たな道を作ることができる。今はこの幸せをかみしめておこう。

＊　＊　＊

その日の夜は、伯爵家にジェラルドも宿泊することとなった。

ミリエラひとり預けてもよかったのだ――伯爵夫妻が信用できる人達だというのはよく知っている。

だが、伯爵夫妻はそれを許さなかった。やっと再会できた〝息子〟ともっと話をしたいというのだ。

ミリエラが寝室に入り、嬉々として寝かしつけに同行した伯爵夫人が戻って来た時には、彼女の手には酒の瓶とグラスがあった。

「おふたりとも、今夜はお酒を飲むのでしょう？」

「お前もここに座りなさい。なにか飲むものを持ってこさせようか」

「大丈夫です。私は果実酒をいただきますから――すぐに持ってこさせます」

言葉の通り、伯爵家の使用人が伯爵夫人用の果実酒を運んでくる。

グラスに注がれる琥珀《こはく》色の酒。氷がちりんと涼し気な音を立てた。

伯爵夫人は、赤い果実酒のグラスを手にしていた。

静かに入ってきた伯爵家の執事が、テーブルの上にチーズやクラッカーといった軽食を並べていく。

「よく、会いに来てくれた。ミリエラは、君に懐いているようだね」

「ダメな父親を、愛してくれます。私を、この世に引き戻したのはミリエラかもしれません――いいえ、そうなのでしょう」

妻を失った絶望。

一瞬だけ抱いた、妻の死の原因となった娘を疎む気持ち。そして、すぐに覚えた娘を失いたくないという願い。

自分の不幸に、ミリエラまで巻き込みたくなかった。

巻き込みたくないのは、実の両親のように愛してくれたこのふたりも同じだった。

もしかしたら、このふたりにミリエラを預けるべきだったのかもしれない――だが、不幸にするとわかっていても手放せなかった。

屋敷の本館と別館に別れて暮らしたのは、そうすれば、ミリエラには不幸が及ばない気がして。

だが、それが結果としてはいい方に向かったのかもしれない。

アウレリアとの思い出の場所でミリエラに会わなかったら、自分はいまだに引きこもったままだった。

「そんなことはないでしょう。あの子を見ていればわかるわ。あなたのことを、本当に愛している――それに、あの子の才能を伸ばしているのはあなたではなくて？」

「そうなら、いいのですが。ミリエラの才能は、私などよりはるかに優れている」

錬金術師の仕事は、一瞬のひらめき。そのひらめきを実現するのに必要な知識。

そして、望む結果を得られるまで、条件を変えながら何度でも実験を繰り返す根気とマナの扱いを熟知するための訓練が大半を占める。

ジェラルド自身、腕のよい錬金術師である自覚はあるが、ミリエラほどの才能は自分にはないのではないかという気がしていた。

少なくとも、自分がミリエラと同じ年齢だった頃、彼女と同じだけ根気強く実験を繰り返していた覚えはない。

「それにしてもだ。幼い才能に気づき、それを伸ばしてやれるのは君の愛情だろう――アウレリアも、君のそんなところを好きになったんだ」

伯爵の口から、アウレリアの名が出ると胸が痛んだ。

少し前までは常にジェラルドをさいなんでいた痛み。

ミリエラと過ごすようになってから、少しずつ薄れてきた痛み。

ミリエラとの時間が増えるにつれ、その痛みはジェラルドを責めるものではなくなっていた。

「これからは、アウレリアに恥じることのない人間になりたいと、そう願っています」

幼い頃、常にジェラルドの側にいてくれた最愛の女性。そして、その彼女の面影を受け継いだミリエラ。

どちらのことも大切にしたいと強く願っている。そのためには、ミリエラの父としてふさわしくならねばならないのだ。

「そう気負うことはない。互いに愛情を持っていればそれで十分だと思うよ」

そして、伯爵も昔と変わらなかった。天涯孤独になった頃、どれだけ彼らに助けられたことか。

「まだ、もう少し王都にいるのでしょう？」

期待を込めたまなざしで、伯爵夫人がこちらを見る。

「ええ、そのつもりです。ミリエラに王都見物をさせる約束もしていますし」

見るものすべてが、ミリエラにとっては好奇心を強く刺激するらしい。王都まで来る馬車の中でも大変な騒ぎがあったことを思い出し、くすりと笑った。

道中のミリエラの様子を話してやれば、伯爵夫妻も目を丸くしたり、手を叩いて笑ったり。

初めて会った孫は、彼らにとっても愛すべき存在のようだ。

「――ジェラルド。だが、気をつけた方がいい」

「どういう意味でしょう？」

ひとしきり楽しい会話をかわしたのち、伯爵は表情を真剣なものへと改めた。

「ミリエラの才能はたしかに素晴らしい。噂によると、マナを持たない人間を、治療する方法を見つけたそうだね」

「はい。ディートハルト殿下が我が領地で暮らすことになりまして――それがきっかけだったのですが」

ディートハルトはマナを持たない、とされていた。

そのため、王位継承権を失い、グローヴァー侯爵領で暮らすことになったというのは、おそらくこの国の貴族ならば大半が知っているだろう。

ふたりの王子のうち、どちら側につくべきか。まだ幼い子供達とはいえ、未来のことを見据えて動かねばならないのが貴族だ。

「そう。ディートハルト殿下は、マナを使えるようになっただろう。その結果、王家の権力争いに動きがあったんだ」

マナを使えるのならば、長男であるディートハルトが王位を継ぐべきだと主張する一派。

母が亡くなり、ろくな後ろ盾もないのだから、弟王子が王位を継いだ方がいいと主張する一派。国内の貴族は、大半がどちらかの側についているそうだ。

――ジェラルドには、まったく縁のない話だと思っていたが、思いがけず巻き込まれる形になっていたらしい。

「グローヴァー侯爵家に現れた天才少女の話は、かなり大きな話題となっている。ミリエラに近づきたがる人も多い」

「そうね。あの保冷布？　あれのおかげで、今年はとても涼しく過ごせたもの」

「それだけでなく、マナを持たない者の治療法も見つけ出した」

「……はい」

「保冷布の収益は、莫大なものになっているだろう？　それに君が再び表舞台に顔を出した。その結果、グローヴァー侯爵家に近づきたいと願う者も増えている」

グローヴァー家の持つ錬金術師としての影響力と財力は無視することができない。グローヴァー家とつながりを持ちたいと願う者がいるのはジェラルドも十分承知していた。

「あなたもまだ若いし。ミリエラには母が必要だ――そう考える女性も、たくさんいるでしょうね」

「私には、アウレリア以外必要ありませんよ！」

伯爵夫人の言葉には、思わず強い口調で返してしまった。

たしかに、ミリエラには母が必要かもしれない。だが、アウレリア以外の女性と生涯を共にするつもりはない。

今まで放置してしまった分、自分が母親の分まで愛してやるつもりだ。

「ええ、それもわかっているの。だから、気をつけなさいと言っているのよ。あなたは、貴族達の勢力争いには無縁で来たでしょう」

今までは領地に籠ったきりだったし、屋敷を訪れても誰も中に入れようとはしなかった。目の前にいる伯爵夫妻――ミリエラの祖父母でさえもだ。

だが、都に戻って来たとなると話は違う。魔道具の売り込みに様々な人と会う以上、グローヴァー侯爵家を取り込もうという人が近づいてきてもおかしくはない。

「たしかにそうですね。ご忠告感謝いたします――義母上」

本当に、この人達にはかなわない。改めてそう思い知らされる。

重要な話は終えたと言わんばかりに、伯爵は相好を崩した。

「ところで、ミリエラはあと何日王都にとどまるんだ？　その間に、もう一度会えるだろうか」

ふたりは、ではなくミリエラひとりを指名するあたり、本当にミリエラにメロメロになっているらしい。

「そうですね。私が一緒にいられない時には、こちらに連れてきましょう」

ミリエラを愛してくれる人はひとりでも多い方がいい。この人達は、ミリエラだけではなくジェラルドのことも慈しんでくれた。

ジェラルドが断ち切ってしまった絆を、結び直すいい機会だ。そして、ミリエラを愛してくれる人達との時間を増やすのも。

はたして、ジェラルドの提案に、ふたりは大喜びしたのだった。

第八章　パパと娘はいつまでも、いつまでも幸せに暮らしていくのです

王都での生活は、とても楽しかった。ミリエラとカークはジェラルドに連れられ、王都の観光名所や最近流行の店など、いろいろな場所を見物して回った。

ミリエラと王都見物をしていない時のジェラルドは、あちこち出かけていき、古い友人達と旧交を温めているらしい。それから、ミリエラとふたりで開発した保冷布の他、父の開発した新しい魔道具の売り込みもしているそうだ。

だが、そういう売り込みの場にミリエラを同行させることはなく、出かける時には、たいていカークと一緒に祖父母の家に預けられた。

祖父母と過ごす時間も楽しかったから、ミリエラには不満はないし、カークもふたりにはよく懐いている。

ディートハルトがいなくなった穴は大きく、まだ埋めることはできないでいる。だが、領地に戻る前にもう一度会うことはできるだろうか。

「おじい様、迷路に行こうよ！」

「ミリィ、伯爵様をそんなに引っ張ったら転んでしまうぞ。伯爵夫人、俺でよければエスコートさせてください」

「あらあら、素敵な騎士さんね」

　意外にもというと失礼になってしまうかもしれないが、カークは見事な騎士っぷりを発揮し、祖母をきちんとエスコートしている。そういうふるまいは、オーランドから習ったのかもしれない。

「ミリィは、いい友人に恵まれたのだな」

「カークはミリィにも優しいの！」

　祖父にそう言われ、後ろを振り返ってみれば祖母もカークに向かって柔らかく微笑んでいるところだった。小さな騎士のエスコートに悪い気はしていないらしい。

　祖父母と庭園を散策し、もうすっかり道を覚えてしまった迷路の中をうろうろする。

　ただうろうろしてもつまらない時には、迷路で鬼ごっこをする。完全に道を覚えていても、鬼がいると袋小路に追い詰められることもあるから油断はできない。

　鬼ごっこの時には、祖父母は近くに設けられているベンチで一休み。伯爵家の使用人達の中でも、若くて体力のある者が子供達の相手に駆り出された。

　皆でわいわいと昼食を食べ、お昼寝をして、再び庭園で遊んでいる間にジェラルドが戻って来る。たいていはそのまま伯爵家で夕食を共にとり、時には一泊することもあった。

　こんな生活がひと月ほど続いた時だった。そろそろ領地に戻ろうかなんて話も出始めた頃、外出先から伯爵邸に戻って来たジェラルドは、ミリエラを抱き上げて言った。

「ミリエラ、今日は屋敷に帰るよ」

「えー、パパ。ミリィもっとおじい様とおばあ様と一緒にいたい。今日もお泊まりしようよ」

ジェラルドも祖父母も喜んでくれるから、こうやってわがままを言うことも覚えてしまった。父の首に両手を回し、頬にぎゅうぎゅうと自分の頬を押しつけながらねだってみたけれど、今日はその作戦は無駄だった。

「明日はね、ディートハルト殿下がふたりに会いたいとおっしゃっているんだ。だから、屋敷に戻って朝から支度をしないと」

今日の父は、王宮に行っていたのだろうか。

ディートハルトとは、王都に到着して以来一度も会っていない。去り際の少し寂しそうだった彼の顔を思い出す。

「うん、わかった」

明日は朝から王宮に向かう支度をするために、こちらには泊まれないということだ。事情がわかったのなら、わがままはおしまい。

「おじい様、おばあ様、また来るね」

「今度は、街に買い物に行こう。いいだろう、ジェラルド」

「ええ。おふたりと一緒ならば、ミリエラも安心ですから」

祖父はミリエラの頭をくしゃくしゃとかき回し、カークにも同じようにしている。照れたようにカークが笑ったのは、祖父のことが気に入っているからだろう。

「伯爵様、俺もまた来ていいですか」

「もちろんだとも。ミリィには、君のような護衛が必要だからな」

「本当？　伯爵様も、そう思う？」

「もちろんだとも」

再び、祖父の大きな手が、カークの髪を撫でる。その光景を見ながら、こんな幸せが続けばいいと願わずにはいられなかった。


翌朝、ミリエラはジェラルドと共に王宮に向かった。ディートハルトの願いもあるため、今日はカークも一緒だ。

カークはミリエラの護衛見習いという名目らしい。いつものような簡素な格好ではなく、騎士の制服に似たものを身に着けている。

先日国王夫妻と面会した建物ではなく、別の建物に通された。

ディートハルトは、王宮の中に独立した建物をもらっているようだった。ミリエラがかつて別館で生活していたようなものだろうか。

ひとりで、寂しくはないのかと少し気になってしまう。かつてのミリエラもそうだったから。

「ミリィ、カーク、会いたかった！」

出迎えたディートハルトは、大人の男性と同じような衣服を身に着けていた。茶色の上着に茶色のズボン。白いシャツの襟は、喉元までぴったりと留めてある。

「ディーは、本当に王子様なんだねぇ……」

グローヴァー侯爵領で見ていた気楽な格好とはまるで違うから、少し驚いた。

「王子様なんだねぇってどういうことかな？　僕が王族なのは、よく知っているだろうに」

苦笑いするディートハルトの表情は、先日までのものと少し違っているように思える。

（やっぱり、ここじゃ寂しいのかなぁ……？）

もしかしたら、余計なことかもしれないけれど。ディートハルトに、一緒に侯爵領に帰ろうと言ってしまってもいいだろうか。

「うーん、なんかいつもと違う」

慣れないディートハルトの様子に、カークは首を傾げている。

「なんだよ、それ。カークも来てくれてありがとう。退屈していたんだ」

「だろうな、ここには遊べるやつはいなそうだもんな。よし、俺達と遊ぼうぜ！」

寂し気な微笑みを浮かべたまま、ディートハルトはカークに手を差し出した。カークはその手をとってにやりとする。今、ディートハルトの側にいるのは、大人だけだ。

侯爵領でも大人に囲まれていたけれど、ミリエラやカークが近くにいた分、少しはましだったのかもしれない。

「僕には、まだ君達以外の友人はいないからね。弟には何人かいるみたいだけど――」

「なにそれ」

ミリエラは頬を膨らませた。弟には友人がいて、ディートハルトには友人がいないというのはどういうことだ。

「ほら、僕はマナが使えなかったから。マナが使えなくても、友人になってくれたのは、ふたりが初めてだったんだ」

マナが使えない以上、王座は弟の方に行く。ディートハルトが、侯爵領で暮らすことになったのも、マナを持たなかったのが理由だ。

大人になったら、新しく領地をもらってそこで暮らすことになっていたらしい。

（事情が変わったってことね。それなら、これからはディーにも友達がたくさんできるかな）

この別館に、ディートハルトの友人がたくさん集まる未来が来るだろうか。そうしたら、今の彼のこの微笑みも、また明るいものへと変わるだろうか。

「じゃあ、なにして遊ぶ？」

「ミリィ、かくれんぼがいい！　ここのお庭、隠れる場所がたくさんありそうだもん」

ミリエラは、元気よく手を挙げて宣言した。

（今は、ディートハルトに少しでも元気になってもらいたいものね）

このあたりは、たくさんの植物が茂っているし、庭に彫刻なども置かれている。特にミリエラは身体が小さいから、隠れる場所には困らなそうだ。

「よし、じゃあそうしよう――ミリィ、カーク。池の周囲はやめておこう。池に落ちたら危ないからね」

「わかった」

一番年上らしく、ディートハルトは水辺には近づかないようにという忠告までしてきた。

彼が王になっても、きっとうまくやっていけるだろうに――と一瞬考えかけ、ミリエラはぶんと首を振った。

(それは、私が言っていいことじゃない……)

くじ引きの結果、最初に鬼になったのはディートハルトだった。

「ミリエラ。私は、国王陛下に謁見してくるから、殿下に迷惑をかけないようにするんだよ――君は大丈夫だろうけど」

「うん、ミリィ大丈夫よ」

「侯爵。僕の護衛も見ているから大丈夫だ。ミリィを池に落とすようなことはないと約束するよ」

「はい、殿下」

ディートハルトの言葉に、父はにこりとして一礼する。ミリエラは右手でディートハルトの手を、左手でカークの手を掴んだ。

「じゃあ、ミリィとカークは別々に隠れよう！　ディーはここで数を数えて！　三十まで！」

ディートハルトを大きな木のところに引っ張っていき、そこでふたりの手を離す。

護衛は遠巻きに見守っているだけだが、ここは王宮だ。心配する必要もない。
一、二、と目を閉じ、後ろを向いたディートハルトが数を数え始める。三十までの間に、どこかに隠れなければ。
きょろきょろと見回したミリエラは、精霊と思われる銅像の側に近寄った。この後ろに隠れたら、意外と気づかれないですむのではないだろうか。

いや、ここではダメだ。もっと別の場所にしなくては。

意外性のある場所ってどこだろうなと思いながら、手足を懸命に動かす。頭が大きい分、子供は転びやすいのだ。

（……よし、ここなら）

少し離れたところに小屋がある。その小屋の側には、いくつも箱が積まれていた。

中には、苗のようなものが入っていたから、庭師達がどこかで作業中なのだろう。邪魔にならないよう、箱からは少し離れたところにしゃがみ込んだ。

「——三十！　探しに行くぞ！」

遠くから、ディートハルトの叫ぶ声が聞こえてくる。

耳を澄ましていると、彼の足音はまったく逆方面に向かったようだった。くすくすとひとり、ミリエラは笑う。

(私が見つかるまで、どのくらい時間がかかるかな?)

こんなところに隠れているとは、思わないかもしれない。一応、侯爵家令嬢なのに、庭師が道具をしまっておく小屋の側なんて。

「……おーい、ミリィ、カーク、どこだ?」

ディートハルトの声は、どんどん遠ざかっていく。

ミリエラはふぅと息をついた。しばらくの間は、問題なさそうだ。

ディートハルトは、カークも見つけることができないらしく、ふたりの名を呼ぶ声ばかりが響く。

あまりにも時間がかかるようなら、一度、こちらから声をかけてあげた方がいいだろうか。

なんて、思っていたら、不意に目の前の光が遮られた。

ぼうっとしている間に、誰か来たらしい。

「ごめんなさい、邪魔するつもりじゃ——」

庭師の邪魔をしてしまったのかと思い、慌てて立ち上がろうとしたら、目の前の人物は庭師ではないことに気がついた。

(……誰?)

茶色のローブに、白いズボン。少なくとも、こんな格好で草木の手入れはしない。

「わわ、わ――――！」

大声をあげる前に、鼻と口に濡れた布があてがわれた。じたばたするものの、大人の力にはかなわない。大きく息を吸い込んだとたん、頭がくらりとする。

（これ、まずいんじゃ……？）

ようやくここで気がついた。ミリエラは誘拐されかけているらしい。

だが、なぜ、王宮の中で誘拐なんか――。

（えっと、エリアスを呼んで助け……）

だが、口が上手に回らない。意識ももうろうとして、思考がばらばらだ。

エリアスの名を呼ぶ前に、ミリエラの意識は闇に沈んだ。


気がついた時には、見たことのない部屋に転がされていた。

（うぅ、わかりやすい誘拐事件……！）

あんなところに隠れた自分がいけなかったのだろうか。まだ、泣くほど心細くはないものの、悪い方、悪い方へと考えが向いてしまう。

まだ眠っているふりをしながら、周囲の様子をうかがう。

それにしても、ここはどこだろうか。

ミリエラは、柔らかなベッドに寝かされていた。とはいえ、手足は拘束されているし、口は塞がれているしで、快適な状況とは言い難い。

（……エリアス、助けて！）

『そう、焦るな。ジェラルドがもうすぐここに来る』

心の中で叫べば、エリアスの声が聞こえてくる。

『ミリィ、いたね！』

『大丈夫、もうすぐ、ジェラルドここに来るよ！』

にゃあにゃあみゃあみゃあと言いながら、ミリエラの周囲を飛び回っているのは、翼の生えた小さな猫達だった。

普段は見えないようにしている彼らの姿が見えるということは、マナの制御がうまくいっていないらしい。けれど、今は精霊眼を閉じない方がいいと思った。精霊達の姿が、恐怖を和らげてくれる気がする。

ふわりと頬に触れる柔らかな毛並み。いつの間にか流れていたらしい涙をぺろりと舐める舌は、ざらざらとしていた。

『誰か来るよ、気をつけて』

精霊猫達が、ミリエラの周囲を飛び回りながら警告の声を発する。足音が近づいて来るのに気がつき、身体を固くした。

「……おや、お目覚めかな」

部屋の扉がかたりと開き、中に入ってきた男には、まったく見覚えはなかった。ミリエラは目を瞬かせる。

茶色のローブに白いズボン。先ほどミリエラを担ぎ上げたのと同じ人間だろう。

（なんで、こんなことをするのよ）

ミリエラはきっと男を睨みつけた。子供だからって、あなどってもらっては困る。

これでも、中身は大人なのだ。こんな男の言いなりになったりしない。

もし、ミリエラの身に危険が迫るようなことがあれば、エリアスが具現化してくれるはず。

「はは、気の強いお嬢さんだ。なに、痛くはしないよ。暴れなければね——君の目を少し、見せてほしいだけだから。精霊を見ることのできる特別な目なのだろう？　なんでも、マナの流れも見ることができるそうだね？」

「んんー！」

彼は、ミリエラの目のことを知っているらしい。

名前も知らないローブの男は、ミリエラの目をのぞきこもうとしてきた。首を振るが、縛られているので逃げることはできない。

（ちょっと、エリアス！　早く助けて！）

『まあ待て。細かいことは気にするな』

そんなことを言われても。

身体をくねらせて男の腕から逃れようとする。エリアスがいてくれるから、最悪の事態は免れるとわかっていても、不愉快なものは不愉快だ。

「暴れるなというのに！　痛い思いをしたくなかったら、おとなしくしてろ！」

ひょいと担ぎ上げられたかと思ったら、乱暴に椅子に座らされた。椅子にはベルトのようなものが取りつけられていて、そのまま椅子に縛りつけられてしまう。

「んんんっ！　むーー！」

抗議の声をあげるが、男はまったく気にしていないようだった。ぶつぶつと文句を言いながら、小さなランプを取り出す。

そのランプに取り付けられているのは、光属性の魔石の中でも、かなり強力な魔石のようだった。男がマナを流し込むと、目もくらむような光を発する。

彼はその光で、ミリエラの目をのぞきこもうとした。目に押しつけられた光がまぶしくて目を閉じると、顎をがっと掴まれる。

「目を開けろと言っているのに！　言うことをきけないというのなら――殴るぞ。それとも、その目をくりぬいてやろうか――いっそくりぬいた方がいいのかもしれないな。その方がゆっくりと調べられる」

子供相手に、なんて脅し文句を吐くのだろう。男の言いなりになるのが悔しくて、なおも顔をそむける。

「殿下の目を精霊眼に変えることができれば、王妃様もお喜びになる。いや――私が、精霊眼を持つというのもいいかもしれない。ほら、くりぬかれたくなかったら調べさせろ」

身体を揺すろうとするけれど、椅子にしっかりと縛りつけられていてそれもできない。

そろそろ、エリアスが助けてくれてもよさそうなものなのに。精霊達が物体に干渉できることは、父とのお茶会で証明済みだ。

（――エリアス！）

『まあ、待て、もう少し。もう少しだけ、な』

エリアスは姿を見せることなく、声ばかりが聞こえてくる。そして、ミリエラの周囲を飛び回っている風の精霊猫はみゃあみゃあきゃあきゃあ楽しそうだ。

力任せに、男の方に顔を向けられた時だった。

まるで爆発音のようなドガーンッ！　という音がしたかと思ったら、部屋の内側に扉が吹き飛ばされる。

「私の娘になにをする！」

扉を蹴り倒したそのままの勢いで飛び込んできたのはジェラルドだった。今まで見せたことがないような怒りが彼の顔には浮かんでいる。

椅子にくくりつけられているミリエラを見るなり、父の形相はますますすさまじいものへと変化していく。

「――こいつよくも！」

「んんんー！」

ミリエラは懸命に声をあげようとした。父はどちらかと言えば線の細い美青年路線だ。そんな父が飛びかかったところで負けてしまいそうだ。

椅子の上で懸命に身体を揺する。がたがたと音がするのに、ふたりとも気づいていないようだった。

「よくもって、素手でどうするつもりだ？」

いくら貴族といえど、王宮に来る場合には武器の持ち込みは禁止だ。だが、父はまったく気にしていないようだった。

「娘を守るためならば、なんだってできる！」

勢いよく右手が振り上げられたかと思ったら、拳が男の腹に叩きこまれた。その勢いで男は壁にめり込みそうな勢いで吹き飛ばされる。

（……パパ、マナを拳に乗せて殴ってる）

細身な父でも、マナを利用することで人間一人、壁に叩きつけることができるらしい。

一撃で完全に床に沈んだ男にはそれきり目もくれず、父はミリエラの方に向き直った。

「ミリエラ……すまない。私が目を離したばかりに……！　陛下との謁見などすっぽかしてしまえばよかった」

先ほどまでの相手を殺しそうな威圧感はどこへやら、父はミリエラを拘束していたベルトを、傍らの机に置かれていたナイフでいきなり切り裂いてしまった。

「――パパ！」

真っ先に父を呼び、ミリエラは父の首にすがりついた。

「どうやって、ここがわかったの」

「風の精霊達がミリエラが攫《さら》われたと教えてくれたんだ――普段は、人の目には見えないようにしているのに。どこにいるのかは、この魔道具が教えてくれた」

父の手が、ミリエラの手首に触れる。そこにあるのは、初めて顔を合わせた日に父が贈ってくれた腕輪だった。

「……そっか。エリアス！」

ミリエラが名を呼ぶと、エリアスが具現化した。ふわりと床に降り立った精霊王は、自慢そうに胸をそらした。

「だから言ったであろう」

「でも、ミリィ、あのおじさんに脅されたし」

痛い目に合わせるとか、目をくり抜くとか、とんでもない脅しをかけられたが、その間エリアスは見守っているだけだった。どうせなら、脅される前に助けてくれればよかったのに。

「まあ。そろそろそいつをぶちのめしてやろうとは思っていたがな！」

飛び込んできた時の父と同じくらい凶悪な顔をして、エリアスは男の方に向き直る。男を前足で弾くと、意識を失ったままの男が呻いた。

「食っていいか？」

「――ダメ。だいたい、エリアスはそんなもの食べないでしょ」

食べ物を必要としない精霊のくせに物騒なことを言う。男をげしげしと足で蹴っていたエリアスは、父の方に向き直った。赤い舌でぺろりと自分の鼻を舐める。

「ジェラルド。今回の件でよくわかったことだろう――お前の娘は、守られているんだ。だから、余計な心配をする必要はない」

「はい――精霊王様。理解いたしました――心から」

父はミリエラを抱えたまま丁寧に頭を下げた。

『僕達、頑張ったよねぇ』

みゃあみゃあみゃあ。

風の精霊猫達が一斉に鳴き声をあげる。そう言えば、どうして彼らは猫の姿なのだろう――エリアスもそうだ。いずれ、聞いてみようと思う。

「ありがと、エリアス！」

「なに、たいしたことじゃないさ――ミリエラ」

そっとエリアスは鼻先でミリエラの頬を押す。それから、父には聞こえないよう小声でささやいてきた。

「今回は貸しひとつ、だぞ。ジェラルドには自信が必要だからな」

「わかった。ありがと」

今の会話で理解した。気まぐれなようでいて、風の精霊王はとても心が広いらしい。あえてジェラルドの到着を待ったようだ。ジェラルドに自信をつけさせるために。

もしかしたら、ミリエラが拉致されるのも黙って見ていたのかも。とはいえ、そのあたりを追及するのは野暮というものだ。

エリアスは、配下の精霊達を引き連れ、ふわりと姿を消す。

その時、ようやく宮中の警護をしている騎士達が駆けつけて来る気配がした。


その日は侯爵邸に戻り、どこにも怪我をしていないか、医師によって丁寧に診察された。その結果、異状なしである。

「ごめん、ごめんな。俺、ミリィの護衛なのに」

「……しかたないよ。王宮であんなことが起こるなんて誰も想像しないでしょ。だいたい、かくれんぼの最中だったんだし」

予想外だったのは、カークがものすごく落ち込んでしまったことだった。ミリエラの護衛として、あってはならない失態だと自分を責めているらしい。

ジェラルドは直接ミリエラを救出したから、いくぶん良心の呵責は少ないようなのだが、カークはそうではないようだ。

「……カーク、よく聞きなさい」

けれど、そんなカークに声をかけたのはジェラルドだった。彼は、床の上に膝をつき、カークと目を合わせる。

「私は、君に責任はないと思っている。ディートハルト殿下と、ミリエラと、君の三人で遊ぶように言ったのは私だ。君は雇い主の命令に従っただけ——だいたい、あの場には君だけじゃなく、王宮の騎士も我が家の騎士もいただろう。責任を追及するなら、彼らの方が先だ」

本来なら世界で一番安全な場所であるはずの王宮。そこでミリエラが攫われたことに、ジェラルドは非常な憤りを覚えているようだ。だが、その責任はカークにはないのだと、全力で伝えようとしている。

唇をぎゅっと引き結んでいるものの、瞳には強い力が宿っている。

いつもは穏やかににこにことしている人だからこそ、そうしている様子は少しばかり怖い。

「カーク、ミリィ、すっごく怖かった」

実際にはそこまで怖くなかったけれど、カークの方にそう手を伸ばして言ってみる。エリアスもカークがここまで責任感を覚えるとは想像できなかったのだろう。ならば、ここはミリエラがフォローしてやらなければ。

「だから、今日は寝るまで側にいてね」

「そんなことでいいのか？」

「うん！」

カークの手をしっかりと握りしめる。カークも、ミリエラの手を握り返してきた。これで、カークの良心の呵責もいくぶん薄くなるだろう。

そんなわけで、夜寝るまで、カークはミリエラにほぼべったりだった。

寝る時も、部屋まで手を繋いで一緒に行ったし、ベッドに入ったら、ポンポンと頭を撫でてくれた。さすがに、添い寝はニコラに止められたが、こうすることで安心したようだから、これでよかったのだろう。


王宮の警備をしている騎士達により捕らえられた犯人は、すぐに尋問にかけられたそうだ。なにも隠すことはないと思っていたらしく、彼はぺらぺらと口を割った。

——なんと彼は、王宮に仕える魔術師であった。どうりで、ローブを身に着けていたわけである。

事件のあった翌日、王宮に呼び出されたミリエラは、国王夫妻から謝罪と説明を受けた。

「本当に申し訳なく思っているの——その、私が口を滑らせてしまって」

ミリエラの前で深々と頭を下げたのは王妃だった。本来なら、王妃が頭を下げるなんてあってはならない。だが、今回は例外であった。

「ミリエラ嬢の精霊眼について、私が王宮魔術師の前で口を滑らせてしまったから——その、将来あなたが王家に入ってくれたら心強いと思って」

精霊眼を持つ者は、精霊に愛された者。

もし、精霊のいとし子を配偶者に迎えることができたなら——この国の王族としては初めてのことになるらしい。

もっとも、あの魔術師は王妃の気持ちとは関係なく、弟王子か自分自身のどちらかが精霊眼を持てるように研究するつもりだったようだけれど。とんだ暴走である。

どちらかと言えば、あの魔術師はミリエラを実験対象のように見ていた気がする。

あのままだったら、目をくりぬかれていたかもしれないと思うとぞっとする。

王妃がどこで知ったのかと言えば、ディートハルトの発言がきっかけだったようだ。そう言えば、彼にはそこまで強く口止めしていなかった。

(でもそれって、私の責任だよねぇ……)

ディートハルトに口止めするのを忘れていたのは、ミリエラの落ち度である。ディートハルトが口を滑らせたとしても、責めることはできない。

「ミリィ、あの人キライ。ミリィの目、盗ろうとしていた。目をぐりぐりってして盗るって言ってた」

とはいえ、王妃にこのくらいの意趣返しはしてもいいだろう。

あえて子供じみた口調で恐ろしいことを口にし、両手で自分を抱きしめるようにしてぶるぶると震えているミリエラに、王妃はますます申し訳ないと思ったようであった。

「陛下、一言よろしいか」

話に割って入ったジェラルドは、国王をまっすぐに見ていた。

ミリエラの背後に立って、ミリエラの両肩に手を置いている。ジェラルドにそうされると、安心していいような気がして、ミリエラの肩から力が抜けた。

「ミリエラの精霊眼については、これ以上広がらないようにお願いいたします。それと、〝マナ治療着〟については、作り方と使い方を無償で提供いたします」

本来、新しい魔道具の発明は、発明者に莫大な財をもたらす。グローヴァー侯爵家が裕福であるのも、先祖代々新しい魔道具を発明してきたからだった。

無償で提供するという言葉に、国王夫妻はいぶかし気に眉を寄せる。

「マナを扱えない者は国中にいるでしょう。彼らの力になれれば、それで十分です。そして、我らは、政治的な権力にも興味はありません」

つまり、これ以上グローヴァー侯爵家を、王家の争いに巻き込むなと言っている。

マナ治療着の制作方法と治療方法について無償で提供するのは、グローヴァー侯爵家に対する人々の関心を強化させないため。

それに、ブラックドラゴンの牙は入手が難しいから、治療着を一般に広めるのは難しい。王家の方で率先してやってもらった方がいい。

「私は、娘を手元から離すつもりはありません。大人になった時、娘がそう望むのであればやぶさかではありませんが」

今の父の発言は、ミリエラを王族に嫁がせる気はないと宣言したも同然である。

もし、大人になったミリエラが望めば、その時考え直すという含みは持たせているが、ミリエラにそんなつもりはない。

もちろん、いつか、将来、大人になった時。

ミリエラも誰かと結婚するかもしれない。その相手が、王家に連なる者である可能性も否定はできない。

だが、それを決めるのは遠い未来の話だ。大人になるまでの間は、王家には近寄らずに生きていきたい。

「——父上、王妃様、お話中よろしいでしょうか」

本来なら許されないはずなのに、部屋の扉が開かれた。ディートハルトが入って来る。

「ディートハルト、慎みなさい。今、グローヴァー侯爵と話をしているのだ」

「その件について、お話があるのです」

ジェラルドとミリエラに並ぶように立ったディートハルトは、王をまっすぐに見上げる。

（あれ、ディーってこんな感じだったっけ……？）

ミリエラは首を傾げた。

いつになく、ディートハルトが逞《たくま》しく見える。もしかして、それは、初めて会った時の印象が心に強く残っているからかもしれないけれど。

「父上――僕にグローヴァー侯爵領で暮らす許可をください。もちろん、侯爵が受け入れてくれれば、ですが。グローヴァー侯爵、僕にあの屋敷に戻る許可をください」

思いがけない申し出に、父もミリエラも目をぱちくりとさせてしまった。

ディートハルトは、王宮に戻り、家族と暮らしたいと思っていたのではなかったか。

「なぜ、そう思うのだ？」

国王も、ディートハルトの申し出を意外に思ったようだった。幼い子供が、自分から親と離れて暮らすと望むのはおそらく異例のことだ。

ディートハルトは、口角を上げたけれど、その微笑みは幼い子供らしからぬ寂し気なものであった。

「僕がここにいると――僕を後継者としたがる人と、弟を後継者としたがる人の間で争いになるからです。僕を担ぎ出そうとする者も出てくるでしょう。いえ、もう出始めています」

「どうしてそれを知った？」

「父上。僕だって、そこまで愚かではありません。宮中にいれば、僕に甘い言葉をささやき、自分の味方にしようとする人間に会ったことくらいあります——今まで、僕は次期後継者から外されていた。マナを持っていないと思われていたから」

その時、不意に理解した。マナ治療着の開発前は王宮に戻りたいと言っていたディートハルトが、王都で別れる時寂しそうな顔をしていた理由が。

ディートハルトは賢い子だ。ここに来るまでの間、周囲の人の様子からそれを悟っていたのだろう。

「だけど、僕はミリエラ嬢達のおかげで、マナが使えるようになった。訓練次第では、強力な魔術を使うこともできるようになるかもしれません」

わずか七歳の少年の言葉に、室内はしんとしていた。皆、ディートハルトの言葉を一言一句聞き漏らさないようにしている。彼は、胸に手を当てた。

「もし、マナだけではなく魔術も使えるようになれば、僕は後継者争いに復活することになるでしょう。ですが、僕はそれを望みません」

そう宣言するディートハルトの表情を見ていると、ミリエラの胸を突き刺すような痛みが襲いかかった。

彼はまだ子供。中身が成人女性のミリエラとは違い、本当の子供だ。それなのに、こんなにも他の人達のことを考え、最良の道を探そうとしている。

「そんな！」

両手で口を覆い、立ち上がったのは王妃であった。彼女は首を激しく横に振っている。

「私は、そんなこと望んでいない！　後継者は——陛下が決めるべきものでしょう！」

「でもね、王妃様。大人はそういう風には思わない。ディートハリュ……ハルト殿下だけじゃない。パパや私に近づこうとする人も多いもの」

ミリエラは王妃を見つめた。ディートハルトが争いは望まないというのなら——ミリエラは彼に手を差し出そう。

この身体はまだ子供だけれど、自分の大切な人達に手を差し伸べることくらいできる。

「ねえ、陛下、もし、私がディートハルト殿下を支持するって言ったらどうなるの？　弟殿下を支持するって言ったら？」

「……ミリエラ嬢。そなたの支持する方が有利になるだろうな——少なくとも、現時点では」

「それって、変だよ。だって、どっちがいい王様になるのか、誰にもわからないじゃない。私にもわかるはずないでしょ。じゃあ、今の王様は王様をやめて、ディートハルト殿下に王位を譲るべきだって私が言ったらそうするの？」

恐れる様子なく、王を問い詰めるミリエラに焦った様子を見せたのは、父とディートハルトの方だった。

「ミリィ！」

「ミリエラ、控えなさい！」

「〝お父様〟、これは、ちゃんとしておかないとダメ。陛下がどういう立場をとるのか、グローヴァー侯爵家はどうしたいのか。そうじゃないと、いろいろな人達が暗躍を始める。〝私〟が誘拐されたのだってそうでしょう？」

グローヴァー侯爵家が、これ以上力を持たないように。

ミリエラの力を家に取り込むために。

精霊に近づくために。

自分の望む者を王にするために。

思いは様々だろうけれど、皆、それぞれの思惑でそれぞれの立場から動いている。その野望を止めることはできない。

だからこそ、父は権力から身を引くと宣言したのだ。ディートハルトも。王家の人達にはそれを受け入れてもらわなければ困るし、それぞれの考えは明確にしておかなければ。

「父上。僕は王位継承者としてではなく、グローヴァー侯爵を師とし、錬金術の観点からこの国を守る術を勉強したいです。王宮を離れることを許してください」

「いいの？　王子様は、王宮にいないといけないんじゃないの？」

ディートハルトが、グローヴァー侯爵領に戻ってきてくれるのは嬉しい。だが、それは本当に彼のためになるのだろうか。

「いいんだよ、ミリィ。僕は、ここにいなくてもいいんだ。侯爵、僕も弟子にしてもらえませんか」

　ここにいても、ディートハルトの立場は不安定だ。それなら、いっそ、ミリエラ達と一緒に暮らした方がいいのかもしれない。

「ミリィ、ディーが来てくれたら嬉しいな」

　――この子は。

　ディートハルトに手を伸ばし、抱きしめてやりたい気分になった。ここにカークがいたなら、きっと彼もディートハルトの手を取っただろう。

「……すまない。少し考える時間をくれないか。侯爵、あとで話す時間をとれるだろうか」

　居心地の悪い沈黙が続く中、長い間考え込んでいた国王はようやくそう口を開く。

　それは、父親としても国王としても苦渋の決断だっただろう。ジェラルドは、表情を引き締めて一礼した。

「かしこまりました」

　ミリエラも、そう言った父にならって頭を下げる。スカートをつまみ、一歩右足を後ろに引いて、完璧な淑女の礼を。

　これは、子供の戯言じゃない。真剣な言葉なのだとわかってほしかった。

　王妃はまだなにか言おうとしていたけれど、開きかけた口を閉じてしまった。彼女の顔が歪んでいる。

不意に耳に、風の精霊がささやきかける。ミリエラが頼んでもいないのに。

『あの人、ディーのことが大切なんだよ』

『一番は、自分の子だけどね』

『でも、ディーがいなくて寂しいみたい』

にゃあにゃあにゃあ。みゃあみゃあみゃあ。

ミリエラ以外、誰にも聞こえない精霊達の声。

王妃も、王妃なりにディートハルトを大切に思っている。魔術師の暴走を止められなかったのは、彼女がいくらか甘かったから。

「王妃様――風の精霊が教えてくれた。王妃様は、ディートハルト殿下が大切なのね」

ミリエラの言葉に、王妃は目を見開いた。顔をくしゃくしゃとさせたかと思ったら、彼女の目から涙が零れ落ちる。

「……義母上。どうか、そんな顔をしないでください。僕は、僕がやるべきことをするだけですから」

「いいえ、殿下。私達は、あなたにとんでもない重荷を背負わせてしまった――」

「大丈夫です。僕は、皆が大好きです――だから、侯爵領で暮らしてもいいですか」

駆け寄ってきた王妃が、ディートハルトを抱きしめる。今まで彼女のことを誤解していたのかもしれないと、その様子を見ながらミリエラは反省したのだった。

それから十日ほどが過ぎた。

王宮ではいろいろあったらしいが、あれ以来ミリエラは王宮に行っていないのでよくわからない。子供には説明する必要もないということなのだろう。

人の家の事情に首を突っ込むつもりもないから、事情は聞かないようにしている。

「ミリエラ、ちょっといいかな」

「なぁに、パパ」

カークと部屋で絵本を読んでいたら、ジェラルドが部屋にやってきた。ひょいとミリエラを抱き上げた彼からは、ふわりといい香りが立ち上る。

くんくんと香りをかいでみるけれど、なんの香りなのかはわからなかった。香水ではなさそうだ。

「侯爵様、俺も一緒に」

「いや、君はここで待っていてくれ」

ついて来ようとしたカークは制し、ジェラルドとミリエラ、親子ふたりで外に出る。

王都で過ごしている間に季節はすっかり変わり、もう春の足音も聞こえ始めようとしていた。

「ディートハルト殿下のことだけど」

「うん」

ジェラルドはミリエラを抱え上げたままだから、すぐそこに彼の顔がある。ジェラルドは遠くを見ていた。

彼の目は、いったいなにを見ているのだろう。

「王太子にどちらの王子がなるのか決めるのは、先送りとなったよ。でも、殿下はグローヴァー領で暮らすことになった」

「……そっか」

まだ七歳。もう七歳。

ディートハルトにはどちらの言葉がふさわしいのだろう。ミリエラには、わからない。

「それでね、私の弟子になりたいという気持ちも変わりないらしい」

「うん」

ディートハルトは、王妃の自分に向ける複雑な感情もちゃんと理解している。大切に思われているということも。

自分の子を王にしたいという野望はあっても、ディートハルトを殺そうとまでは思っていない。ある意味人間味溢れる人だ。

大人達の思惑のしわ寄せがディートハルトに向かうのはいかがなものかと思うけれど、彼が望む未来を手に掴むことができるのならば、それでいい。

「いずれは、王位継承権もお返しになるかもしれないが、その結論を出すのは早いと陛下は仰せでね。殿下は、その前に一人前の錬金術師になりたいそうだ」

後継者争いはひとまず先送りになっただけで、いずれ決着はつけねばならない。けれど、ディートハルトが決めたことならミリエラはなにも言えない。

「王子様の錬金術師って珍しいね」

「王国史上初だと思うよ。私もすべての歴史を知っているわけではないけどね」

ディートハルトが父親の元を離れなければならないのは胸が痛いが、彼は優しい。

権力の側にいるのは、あまり似合わない気がする。

それに、ミリエラ自身、あまり権力には近づかない方がいいなと思い始めている。だったら、大切な友人であるディートハルトもグローヴァー領まで来ればいい。

そして、カークも一緒に、皆でいろいろな魔道具を作るのだ。

ミリエラは、空を見上げた。どこまでも鮮やかに青いその空に、そっと手を伸ばしてみる。

そう言えば、この世界では、この空を飛んだことのある人はいない。皆と一緒なら、空だって飛べそうな気がする。

「パパ、ミリィは、パパと皆がいてくれたらそれでいいよ。王様とかどうでもいい」

あとは、グローヴァー領の皆が幸せであればそれでいい。というのは、傲慢だろうか。

でも、ミリエラの手はそれほど大きくない。ミリエラの目が届いて、手が回せる範囲の人達が幸せであればそれで十分ではないだろうか。

「——そうか。では、ディートハルト殿下も、弟子としてお迎えしようね」

「ディーだよ、パパ。弟子なんだからディーって呼ばないと」

「それは、どうかなぁ……そこも、あとで殿下と相談しようか」

ミリエラの物言いに、ジェラルドはくすくすと笑う。

父がミリエラを下ろしたのは、屋敷から少し離れた場所にある庭園内の一角だった。名前も知らない小さな白い花が咲いている。名前も知らない花なのに、なぜか懐かしい気がした。

くんくんと鼻を動かすと、それはジェラルドの服についていたのと同じ香りだった。

「パパ？」

ミリエラと手を繋いだまま彼が立ち尽くしてしまうから、ミリエラはそっと手を引いた。

「ミリエラは、この花の名前を知っているかな？」

「ううん。知らない」

この花には、見覚えがある。記録画像で見た母の手にあった花だ。だから、懐かしい気がしたのか。

「この花はね――〝ミリエラ〟と言うんだ」

「ミリィと一緒！」

ミリエラというのは、この国では特に珍しい名前ではないから、自分の名前がどういう理由でつけられたのかとか聞いたことはなかった。

だが、わざわざここに連れてきたということは。

「花言葉は、〝家族の愛〟……君を妊娠したとわかった時、アウレリアと決めたんだ。女の子が生まれたら、ミリエラという名前にしようってね」

そうだったのか。

もしかして、今日、迎えに来る前に父はこの花畑に来たのだろうか。ミリエラに、この話をするために。そして、その名にこめられた思いの深さを知る――ジェラルドとミリエラにとって、この世で一番尊いものだ。

「私は、君を愛している。君が世界で一番大切なんだ――領地に帰る前に、これだけはきちんと伝えておかないといけないと思った」

真摯な顔でそう言うから。

ミリエラもそれ以上なにも言えなくなる。

言葉の代わりに、かがんで花を一輪つんだ。それを父のポケットにそっと差し込む。ふわりと立ち上る優しい香り。

両親からの最初の贈り物――家族の愛。胸に温かいものが溢れてくる。

「パパ、お花似合うね。ミリィも、このお花好きよ――だから、このお花、領地に連れて帰ろうよ」

「……そうだね。株分けをしようか」

どんな顔をしたらいいのかわからないようで、ジェラルドの顔がくしゃりと歪む。ミリエラは小さな手を伸ばし、いい子、いい子、と彼の頭を撫でた。

まっすぐで、優しくて、時には優しすぎて、それでも、ミリエラを守るためならどこまでだって狂暴になれる人。それがミリエラの父親だ。

「あとね、パパ。ミリィはパパのことが大好きだよ——だから、領地に帰ったらたくさん新しい魔道具を作ろうね」

父のあとを継いで、立派な錬金術師になるという宣言。

ふたりの間に、それ以上の言葉は必要なかった。

さらさらと吹き抜ける風が、花の香りを巻き上げる。優しいだけではなく、どこか郷愁を呼び起こすそんな香り。

「そうだね——ミリエラ。いや、ミリィと呼ぶべき……かな……」

不器用な父が、そうこわごわと口にするから。

満面の笑みを浮かべて元気よくうなずく。

愛してるなんて、言葉にしなくてもちゃんと伝わっている。

「もちろん！　ミリィって呼んでくれたら嬉しいよ！」

こうしてミリエラは、新しい世界で、新しい家族と、新しい愛を掴んだ。

エピローグ

季節はめぐり——春から初夏へと移ろうとしていた。

グローヴァー侯爵邸では、朝から慌ただしく使用人達が動き回っている。

そんな中、本日の主役であるミリエラは、真っ白なドレスを着せられ、ちょこんと椅子に座っていた。汚してはいけないから、主役は椅子から動けないのである。

「つまんない」

ぽつりと零すと、足元からくすくすと笑い声がする。ミリエラの足元にうずくまったエリアスは、大きくあくびをした。

「そう言うな。人間は、生まれた日を盛大に祝うのであろう？」

「そうなんだけどさ。精霊王がそこに転がってるのはびっくりだよね！」

ミリエラは、今日、六歳になろうとしていた。

王宮から戻ってきて数か月が経過し、背が伸びて、去年より少し大きくなった。

ディートハルトは、父の弟子となり、立派な錬金術師になるための修業を始めた。ミリエラの方が先に弟子入りをしたので、なんと弟弟子ができたということになる。

カークは、というと今まで以上に剣の稽古に打ち込んでいる。

王宮でまんまとミリエラが誘拐されてしまったのを今でも悔やんでいるらしい。そんなこと、気にしなくてもいいのに。

――それはさておき。

ミリエラ六歳の誕生日は、想像以上に盛大に祝われることになった。

昨年まで、五回分の誕生日は、父にはお祝いしてもらえなかった。ミリエラを祝ってくれたのは、家族同様――でも、家族ではない乳母一家だけ。

けれど、今日は違う。

「ミリィ、お誕生日、おめでとう」

たくさんの招待客が、侯爵邸の庭に集まっている。

母が大好きだったという薔薇園を開放してのガーデンパーティーだ。雨が降ったらどうしようかと思っていたけれど、よく晴れたいい日だ。

「我からの誕生日プレゼントだから、ありがたく受け取れ」

と言っていたので、たぶん、いろいろな精霊達とかけあってくれたのだろう。精霊王様々である。

そして、父からの贈り物はといえば。

「ミリィには、これが一番だろうからね」

ジェラルドが用意してくれたのは、錬金術についての新しい教科書であった。専門書なので非常に高価なものである。

それから、ピンクのドレスに、ドレスとお揃いの帽子にバッグ、靴の一揃い。

母が昔持っていたものだという瞳の色と同じ色の宝石をはめ込んだペンダント。今までの分を埋め合わせようとしているかのような贈り物の山である。

父の気持ちは嬉しい。嬉しいが、子供にこれではやりすぎだ。

「パパ。これは無駄遣い。来年からは一個にしよう」

「……わかった」

ミリエラに叱られ、ジェラルドがしゅんとする。そんな彼に向かって声をかけたのは、わざわざ王都から来てくれた祖父母だ。

「はは、ジェラルド。ミリィはとてもいい子に育っているじゃないか——私達からは、これをあげよう。虹色貝の殻だよ。そのまま置いておいてもいいし、錬金術の材料にしてもいい」

「わああああ、ありがとう、おじい様、おばあ様！」

祖父母からの贈り物は、虹色貝の殻である。なかなか手に入らない貴重な品だ。その名の通り、貝の内も外もキラキラと虹色に輝いている。

そのまま飾っておいても美しいのだが、錬金術の材料としても重宝される品だ。

ミリエラが目を輝かせたのを見て、父はまたもやうなだれた。

「パパ、ミリィ、パパのご本嬉しいよ？　おじい様達からいただいた虹色貝で、なにが作れるか一緒に調べてね」

あいかわらず、父は少しばかり頼りない。だが、そこも含めて愛している。

「どちらが親かわからないわ……」

そうつぶやいたのは、母の親友であり、ミリエラが生まれる前からジェラルドのことを知っているニコラであった。彼女のお腹は、少し膨らみ始めている。秋には新しい命の誕生を迎えることだろう。

ニコラの方に、ミリエラは共犯者の微笑みを送った。ジェラルドがたまに暴走するのは、今に始まったことではない。

「俺達からも！」

「僕達からも！」

声を揃えてやってきたのは、ディートハルトとカークだ。このふたりもしっかり友情を築いている。身分の差は、彼らには関係ない。親友同士だ。

「ありがとう、ふたりとも来てくれて嬉しい！」

カークはこの屋敷に住んでいるのだからまあ当然として、ディートハルトが来てくれたのは本当に嬉しい。

彼らがふたりで用意してくれたのは、キラキラとしたスライムの魔石である。それを金のワイヤーで編み込んで、ブレスレットにしてあった。

「錬金術に使うなよ？　俺が初めてとったスライムなんだからな！」

「僕はその手伝い」

スライム退治に行くことのできるようになったカークと、それにお付き合いしたディートハルト。ブレスレットに仕立てたのは、ディートハルトが職人に頼んでくれたそうだ。

「嬉しい。大事にするね！」

本物の宝石と同じくらいキラキラとしているスライムの魔石は、とても綺麗だ。父からもらった腕輪と重ね付けをしよう。

この世界に生まれ落ちて、家族には愛されないと思った。

けれど、ミリエラに愛情を注いでくれた人達はいて、今日この日を迎えようとしている。

「今日は、ミリィの誕生日に来てくださってありがとうございます――ミリィは、皆のことが大好きです！」

ここに集まっている皆を、ミリエラは愛している。

「だから、皆に見ていてほしい。ミリィはいつか、パパみたいな立派な錬金術師になって――そして、空を飛ぶの！」

ミリエラが宣言すると、わっと歓声があがる。

父の愛がほしいと思っていた。ただ、それだけのはずだった。

でも今はそれだけじゃない。ミリエラを愛してくれるたくさんの人達と新しい夢を目指したい。

——きっとそれが、ミリエラがこの世界に生まれた理由だから。

ミリエラ以外の人には見えていないけれど、薔薇の精霊達がその歓声に合わせるように、風の精霊達とダンスを始め、風に乗った花弁に、光の精霊達が輝きを追加する。

「皆のことが大好きだから、今日は楽しんでいってくださいーー乾杯！」

パーティーの始まりを宣言するミリエラの声が、高々と響き渡った。

番外編

明日は、一年で一番幸せな日にしよう

明日は、ミリエラの誕生日である。ミリエラは、真剣な目をしてハンカチに刺繍針を突き刺した。あいかわらず、五歳の幼児——明日には六歳だ——の身体は、思ったようには動いてくれない。

（む、む、む……難しいな。刺繍がこんなに難しいなんて、考えたこともなかったな）

今までジェラルドとは離れ離れに暮らしていたから、彼に誕生日を祝ってもらったことはなかった。

いや、正確に言うと父はミリエラの誕生日を祝うことを忘れてはいなかった。

まるで、自分の存在を隠そうとしているかのように、父のプレゼントはオーランドを経由して届けられていた。

だが、今年の誕生日は違う。ミリエラの大好きな人達を招待して、盛大に誕生会を開くことになっている。

それはいいのだが、問題はジェラルドの誕生日である。

一週間前のこと。

その日が父の誕生日であることをミリエラは初めて知らされた。誰かひとりくらい先に教え

てくれてもよかったのではないだろうか。

当日、ニコラから「今日は侯爵様の誕生日なんですよ」と教えられて、目玉が飛び出るかと思うほど驚いた。

どうせなら、ミリエラにも教えてくれれば事前にプレゼントを用意しておいたのに――なんて言ってもしかたない。

父も誕生日を祝うつもりはなさそうで、その日はいつも通り静かに過ごした。せめてもと、誕生日カードだけは慌てて作って贈ったが、それだけではミリエラが不満である。

明日一緒にお祝いをしたいとも思ったけれど、間に合わなかった――すでにいろいろな手配が終わってしまっていたので。

ニコラに頼んで、刺繍の材料一式を用意してもらったのは、父に手作りのハンカチを贈るため。この国では、刺繍は貴族令嬢のたしなみのひとつである。ミリエラも、この冬に刺繍を習い始めたところだった。

針に糸を通し、下絵の通りに刺していく。ただ、それだけのはずなのに、どうしてこんなにも曲がりくねるのだろう。

銀と青の糸を使い、飾り文字で父の名前をハンカチの上に丁寧に描いていく。

丁寧に刺しているつもりなのにぐちゃぐちゃになっているが、この身体では諦めるしかない。

初めて人に贈る品を作ったにしては上出来だと思っておこう。少なくとも、全力は尽くした。

最後の糸を切り、ミリエラはニコラの方を振り返った。

「ニコラ、これ、パパにあげるの。包んで！」

「かしこまりました」

頬を緩めたニコラは、それを白い箱に入れて、薄い桃色の紙で包み、同じ色のリボンをかけてくれた。


夕食を終えた後、ミリエラはジェラルドに近づいた。彼の袖をちょんちょんと引く。

「パパ、今日は一緒に寝てほしいの」

そう口にしたら、ジェラルドは不思議そうな顔になった。今までミリエラの方からそうねだったことはなかったからだ。

「今日？」

「うん。明日はミリィの誕生日でしょ。だから、パパと一緒に寝たい」

ジェラルドはすぐにうなずいて、入浴を終えたらミリエラの寝室に集合することになった。

いつもひとりで眠っているが、ミリエラの寝室にあるベッドはとても大きい。大人三人くらいなら余裕で寝られそうな大きさがある。

枕元の棚に飾られているのは、母の形見の短剣。最初の誕生日に、お守りとして父から贈られたものだ。

その隣にあるのは、四歳の誕生日に贈られた着せ替え人形。枕の両脇を占めているのは、二歳の誕生日と三歳の誕生日にもらったクマのぬいぐるみだ。

五歳の誕生日にもらった革のバッグは、壁際の棚の上に置かれている。肩から斜めにかけるととても使い勝手がいい。

その他にもたくさんのぬいぐるみや人形、最近では魔石などが棚にはずらりと並んでいる。全部、ミリエラのものだ。この部屋に引っ越しをすると決めた時に、父が用意してくれた品々である。

ぬいぐるみを並べ替え、枕の位置を直し——と、せっせとジェラルドを迎える準備をしていたら、部屋の扉が静かに開かれた。

「待たせてしまったかな」

「ううん、全然待ってないよ」

待ち合わせをしているカップルのような会話だなと内心おかしくなりながら、ベッドに座っているミリエラはジェラルドを手招きする。

白い寝間着の上から青いガウンを羽織ったジェラルドは、いつもは束ねている髪を下ろしたままだった。彼のこんな姿を見るのは初めてだ。

「パパ、どうぞ」

場所を変えたばかりのぬいぐるみをよいしょと押しやり、ジェラルドを手招きする。一瞬ぬいぐるみに目をやったけれど、ジェラルドはおとなしくベッドに入ってきた。

「ミリィねぇ、パパにあげたいものがあるんだよ」

積み重ねた枕に背中を預けるようにして座った父の膝の上によじ登ったミリエラは、人形の陰に隠しておいた包みを取り出した。

「お誕生日、おめでとう。遅くなってごめんね？」

ニコラに包装してもらった薄い桃色の包みを差し出す。思わずといった様子で受け取ったジェラルドは、しみじみとその包みを眺めていた。

「開けてよ、パパ。ミリィが作ったんだから」

「……わかった」

父の手が、ゆっくりとリボンを解き、包みを開いていく。

箱の蓋を開いて、小さく息をついた。白いハンカチの上に並ぶのは、銀で縁取りをした父の名前。頑張ったけれど、不器用な縫い目はがたがただ。

それを見たジェラルドは口角をゆっくり上げた。涙を追い払おうとしているかのように、しきりに瞬きを繰り返す。

「ごめんね、まだ下手なの」

何度も何度もやり直したが、仕上がりに完璧に満足したというわけではない。だが、最初に父にプレゼントしたかったのだ。

「とても上手にできているね。わざわざ作ってくれたのか？」

「うん。ミリィ、パパにお礼がしたかったの」

ジェラルドの膝の上にまたがり、彼の胸に額を預ける。伝わってくるのは彼の鼓動。なんだか恥ずかしくて、顔を見ることはできなかった。

「お礼？」

「うん。パパは今までの誕生日もプレゼントをくれたでしょう。最初の年は、あれ」

棚に置いてある短剣を指さす。

「それから、次はこのぬいぐるみ。その次はこの子」

ふたりを挟むようにベッドに置いてあるぬいぐるみを指さした。

「一昨年はあの人形で、去年はあの鞄――ミリィ、大事にしてるよ」

「……それは」

「前にね、オーランドとニコラが話しているのを聞いちゃったの。オーランドのプレゼントのうちひとつはパパからのものだって」

あれは一昨年の誕生日だっただろうか。陰でこそこそとニコラとオーランドが話しているのを聞いてしまった。父からのプレゼントもちゃんとミリエラはもらっていたのだ。

いつか、父に話をしようと思っていたけれど、今までその機会を毎回見送ってしまっていた。

おまけに、父の誕生日を当日教えられたものだから、今年はカードを贈ることしかできなかった。

もっと早く言ってくれれば、事前にちゃんと準備していたのに。

「パパにたくさん愛されてるのに、お礼を言ったことがなかったなぁって思ったの」

「……それは、私も同じだ。ミリィが元気にすくすく育ってくれて、とても嬉しく思っているよ」

ジェラルドに抱きつくようにしながら顔を上げれば、頬をちょんとつつかれた。

思わずミリエラの頬が緩む。一年前は、父とこんな風に触れ合う日が来るなんて想像したこともなかった。

「ありがとう、パパ。大好き。ずっと、大好き」

一度目の人生では、誰にも伝えることができなかった愛の言葉。せめて、二回目の人生では精一杯伝えよう。

「来年は、一緒にお祝いをしようね」

「来年も再来年もその次の年も。ミリィの誕生日は、一年で一番幸せな日にしなくては」

ミリエラは一緒に祝おうと提案したのに、ジェラルドの頭にあるのはミリエラの誕生日だけらしい。

「パパの誕生日もよ？　一緒にお祝いしよう。ミリィは、パパと一緒がいい」

小さく笑ったジェラルドは、ミリエラの髪を撫でて抱きしめたままベッドに横になった。片手を伸ばし、枕元のランプの明かりを小さく細くする。

「約束しよう。来年からは、君の誕生日に私も一緒に祝ってもらおう」

身体に回された腕の力強さ。父が、再び未来に目を向け始めたことに安堵する。

「約束。来年も再来年もその次も、その次も、その次も——ずっと、よ？　一緒にお祝い！」

「わかった。そうしよう。ミリィが、私と一緒に祝うのは嫌だと言い出すまでずっと一緒だ」

「ミリィ、そんなこと言わないもの。だから、ずぅっと一緒にいようね」

ミリエラの方から、小指を差し出すと、父は首をかしげた。

「約束だよ、パパ。指切りしよう」

ジェラルドも、ミリエラと同じように小指を差し出してくる。ふたりの指がそっと絡められ、
ミリエラはその指をぶんぶんと振った。

絡めた指は約束の証。明日はきっと、いい日になるだろう。いや、間違いなくいい日になる。

あとがき

雨宮れんです。ベリーズファンタジーで刊行させていただくのも四冊目になりました。前作に続き、今作も転生幼女が主人公です。

作中ミリエラ本人も言ってますが、今作の主人公は前世の記憶持ちで、精霊に愛されていて、天才錬金術師の特殊設定つき過ぎな女の子です。おまけに、前世の年齢は、父親であるジェラルドと同年代。時々、幼女としてあるまじき包容力を発揮しても不思議ではないです……よね。

ジェラルドが時々頼りなさを見せる分、ミリエラはしっかりしてしまったかもしれません。

さて、そんなジェラルドやミリエラを支えているのが、乳母のニコラ家族です。無償の愛情を注いでくれるニコラに、主一家に忠実なオーランド。そして、年相応の子供なカーク。

途中から仲間に加わるディートハルトが、もっと幼い頃から英才教育されていて、子供らしさが若干失われているのと比べると、カークはものすごい子供です。

本人も忘れかけていますが、中身が成人女性なミリエラと早く大人になることを強いられてきたディートハルトにとっては、カークの子供らしさがむしろ羨ましいかもしれません。

忘れちゃいけないのがエリアスですね。エリアスの出てくるシーンは書いていていてめちゃくちゃ楽しかったです。ジェラルドが勇気を出すことができるよう、いろいろと影で動いている

あたり意外と精霊王様は世話焼きのようです（笑）

今回、イラストは凪かすみ先生にご担当いただきました。カバーイラストのミリエラの愛くるしさ、ジェラルドの麗しさにくらくらしました。幸せそうな親子で眼福です。思わず画面を拝みました。お忙しい中、お引き受けくださりありがとうございました。

いつもお世話になっている担当編集者F様、そして今回初めて担当してくださったI様ありがとうございます。趣味と好みを丸っと詰め込んだ作品、無事に刊行できて本当によかったです。

そして、読者の皆様もここまでお付き合いくださってありがとうございました。

凪先生が、カバーイラストのあちこちに、作中に出てきた様々なアイテムを描きこんでくださっています。本編を読んでから、もう一度カバーイラストを見ると「おお！」となるかもしれません。

ベリーズカフェ公式サイトの方は、ログインしたりしなかったりなのですけれども、ご意見ご感想、お寄せいただけたら幸いです。たまに連載していることもあるので、サイトの方ものぞいてくださったら嬉しいです。

雨宮《あまみや》れん

天才幼女錬金術師に転生したら、
冷酷侯爵様が溺愛パパにチェンジしました！

2021年12月5日　初版第1刷発行

著　者　雨宮れん

発行人　菊地修一

発行所　スターツ出版株式会社

〒104-0031　東京都中央区京橋1-3-1　八重洲口大栄ビル7F
☎出版マーケティンググループ　03-6202-0386
（ご注文等に関するお問い合わせ）

https://starts-pub.jp/

印刷所　大日本印刷株式会社

ISBN　978-4-8137-9110-2　C0093　Printed in Japan

[雨宮れん先生へのファンレター宛先]
〒104-0031　東京都中央区京橋1-3-1　八重洲口大栄ビル7F
スターツ出版（株）　書籍編集部気付　雨宮れん先生